KB201173

사랑한다면 몽냥처럼

웹툰보다 더 내밀하고 사랑스러운 몽냥 에세이

사랑한다면 몽냥처럼

몽냥 이수경 지음

꿈의지도

캐릭터 소개

몽냥툰

'결혼과 삶의 밝은 면을 그립니다'

강아지 몽이와 고양이 냥이의 몽글몽냥 신혼 일상 웹툰.

인스타그램에서 만날 수 있다.

@mong_nyang_cartoon

냥이_

앙칼지고 도도하지만
은근 정도 많은 고양이, 아내.

스킨십을 싫어하고 표현이
적으며 매사 내성적이다.

계획적이고 생각이 많아 항상
몽이를 리드하는 쎈캐지만
한편으로는 마음이 여리다.

예전엔 회사를 다녔지만
지금은 일러스트레이터로
홀로 일하고 있다.

얼굴이 동그랗고 흰 편이라
흰색 고양이로 그렸다.

몽이_

감수성 풍부하고 애교 넘치는
사랑스러운 강아지, 남편.

산책과 하늘을 사랑한다.
좋은 걸 보면 최소 열 마디는
하는 표현력 대장.

즉흥적이라 늘 냥이에게
혼나지만 그마저도 좋아하는
냥이 바라기다.

자동차 디자이너.
착하고 순둥해 골든리트리버를
모티브로 그렸다.

눈 밑의 애교점이 포인트.

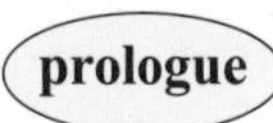

갈수록 세상이 차갑고 무섭고 어렵고 어둡다. 결혼도 사랑도 사치라며, 마음을 걸어 잠그고 살기도 한다. 나 역시 몽이를 만나기 전에는 정글에 피어난 한 떨기 풀잎처럼 내 한 몸 밟히지 않으려고 몸부림치듯 살았다. 그러면서도 끊임없이 다치고 외롭고 우울했다. 어느 곳 어느 땅에도 뿌리내리지 못한 채 예민한 나 하나 돌보기에도 바쁘고 벅찬 시간을 보냈다. 누군가 사랑하는 사람에게 기대고 싶고 충분히 사랑받고 싶지만, 숱한 갈등과 결별들이 두렵고 아픈 마음. 사랑의 신화는 영영 내 몫이 아닌 것만 같고, 아주 먼 전설 같은 느낌이었다.

그러나 이제 나는 믿는다. 누구에게나 단비처럼 그리고 기적처럼 힘겨운 인생을 힘껏 안아줄 사랑이 찾아온다는 사실을. 언젠가는 반드시 꼭. 아니 어쩌면, 이미 당신 곁에 와 있는지도 모르겠다. 다만 아직 내가 그 사랑을 알아채지 못했거나 그런 사랑을 할 준비가 되어 있지 않은 것일 뿐.

처음 인스타그램에 만화 계정을 만들 때부터 '결혼과 삶의 밝은 면을 그립니다'라고 대문에 써놓았다. 무슨 생각이었는지 잘 기억나지 않지만 이 문장은 4년이 되도록 아직 그대로 인스타 대문에 걸려 있다. 아마 그건 내가 작가로서 세상에 내보이고 싶은 정서이거나 내가 내 삶에서 꿈꾸는 지향인지도 모르겠다.

몽냥툰의 팔로워라면 당연히 예상하겠지만, 실제 현실 속의 나는 밝기는커녕 그늘투성이다. 우리 부부의 생활도 만화처럼 늘 똥꼬 발랄하지는 않다. 일상의 여러 풍파를 견디고, 이리저리 치이며 하루하루를 살아내는 대한민국의 보통 부부일 뿐이다.

어디에 눈을 돌려도 온갖 끔찍한 뉴스와 기사, SNS의 공격적인 피드들로부터 자유롭지 못하다. 지옥의 그림자처럼 혐오의 감정도 넘쳐난다. 마음은 메마르고 정신에는 피로감이 겹겹이 쌓이는 게 현실이다. 그런 사람들에게 내 그림이 잠시나마 휴식이 되면 좋겠다. 몽냥을 만나는 순간만이라도 순하고 아름다운 꿈을 꾸면 좋겠다. 날카롭고 거칠어진 마음이 몽글몽글해지면 좋겠다. 몽냥툰은 그런 마음으로 시작한 그림이다. 나만이라도 재밌고 따뜻하고 사랑스러운 이야기를 담아가자 싶어서.

그런데 신기하게도 만화를 위해 습관적으로 일상을 귀엽고 밝게 바라봐서인지, 어느새 진짜 현실 속의 우리도 정말 몽냥툰 속의 몽냥처럼 귀여움과 사랑스러움의 수치가 급격히 수직 상승했다. 내가 냥이와 몽이의 캐릭터에 집중할수록 내 마음의 그늘도 한 뼘씩 줄어들었다.

몽냥툰을 사랑해주는 많은 팔로워분들도 몽냥을 만나는 순간만은 우울과 그늘을 덜어냈으면 하는 바람을 가져본다. 이 책을 쓰는 동안에도 '읽는 사람이 편안하고 행복했으면 좋겠다'는 바람이 간절했다. 우리가 사는 곳이 아직 살 만하고, 사랑이 충만하고, 생각보다 따뜻하며 귀여운 곳이라는 걸 잊지 않았으면 했다.

만화 그릴 때처럼, 글을 쓰면서도 내내 내 글에 내가 울기도 하고 웃기도 했다. 글을 쓴다는 게 나에게는 새삼 참 특별하고 행복한 경험이었다.

몽냥툰이 그랬듯, 이 책도 읽은 사람들을 행복하게 만들어줄 수 있기를 희망해본다. 나의 진심이 독자들의 마음 구석구석까지 고스란히 가닿길.

몽냥 이수경

contents

1부

그럼에도 불구하고 사랑하니까

2부 같이 산다는 것은

3부 서로의 어깨에 기대어

4부 한결같아야 찐 사랑

5부 먼 훗날 우리가 조금 덜 사랑하게 되더라도

1부

그럼에도 불구하고 사랑하니까

결혼해서 참 좋다

"냥이, 혹시 빨래했어? 나 오늘 그거 입어야 하는데."

"당연하지! 내가 누구야? 그제 이미 빨아 놨지."

"와~ 역시 냥이."

"냥이가 챙겨주니까 좋지? 나 없었으면 어쩔 뻔했어?"

"홍홍~"

사회에선 일 잘하는 자동차 디자이너라는 번듯한 직업을 가진 몽이지만 내 앞에서는 나 없으면 안 되는, 영락없는 어린아이처럼 군다. 긴장과 경직이 일상인 빡빡한 조직 생활에서는 찾아볼 수 없는 빙구 모습. '엥, 이 사람 진짜 바보 아냐?' 싶을 정도로 허술하고 순수한 그의 모습이 귀여워 가끔 너털웃음이 나곤 한다. 우리 사이의 모든 게 무장해제된 상태에서만 볼 수 있는 희귀 장면이다.

사랑은 단단하고 뾰족한 마음을 무르고 둥글게 만든다. 그럴 수 있어야 한다. 서로가 서로에게 꼭 필요한 존재라는 확신, 자신의 빈틈을 상대가 꽉 채워줄 때라야 비로소 아귀가 딱 맞게 온전할 수 있다는 믿음. 그게 멀쩡한 사람을 사랑스런 빙구로 만들 수 있는 힘이다. 몽이에게 이것저것 챙겨주면서 나는 놀리듯 생색을 낸다. 챙겨주는 건 고마워도 생색을 듣기는 짜증날 만도 할 텐데 몽이는 늘 물개박수를 치며 나를 칭찬한다.

"맞아요, 냥이. 냥이 없었음 어쩔."

"냥이, 이거 먹어봐. 지난번에 지나가다 본 케이크 가게에서 치즈랑 초코 두 조각 사 왔어."

"엇, 여기 케이크 비싸던데 뭐 하러 사 왔어."

"괜찮아, 냥이 먹어보고 싶다며."

"흠…. 사실 엄청 궁금하긴 했어."

"피곤하지? 오늘은 달달한 거 먹고 일찍 쉬어."

늦은 귀가에도 몽이는 맛있는 간식이나 꽃 한 송이 같은 걸 종종 사 온다. '이런 건 뭐하러 사와! 절약해야지!' 타박하면서도 '내가 오늘 우울한 거 어떻게 알았지?' 내심 속으로는 기분이 몽글몽글해진다. 빈손으로 오더라도 꼭 안아주거나 뽀뽀해주는 것을 잊지 않는다. 그 따뜻한 손길에는 수많은 언어가 담겨 있다.

너는 나에게 오직 하나뿐인 소중한 존재라는 말. 이 세상 아무도 너를 알아보지 못해도 나만은 너를 알아볼 수 있다는 말. 나는 언제나 네 옆에 있을 거라는 안심의 말. 따뜻한 말들.

내가 잔뜩 날이 선 채로 현실적인 여러 가지 문제들을 챙기느라 번잡스런 하루를 보냈을 때. 내 등을 가만히 쓸어주는 몽이의 손길은 정서적인 안정을 준다. 토닥토닥 내 등을 두드려주는 것. 그게 그 어떤 말보다 큰 위로가 된다.

오늘도 수고했네. 잘 하고 있어, 냥이. 아무 걱정 마. 손이 하는 말들. 몽이만의 언어다.

결혼 N년 차. 예민하고 감정 기복이 심했던 나는 쉽게 우울감에 빠지곤 했다. 나의 내면은 늘 쉽게 다쳤고 잘 낫지 않았다. 누구에게도 쉽게 내보일 수 없는 먼지 낀 마음들이 나조차도 싫어져 가끔은 내동댕이치고 어디로든 숨어버리고 싶던 날도 많았다.

그랬던 내가, 이제는 웃는 날이 많아졌다. 아니, 많은 날들이 행복하다. 나보다 나를 더 사랑해주는 다정한 몽이 덕에 내 생애 가장 따뜻한 날들을 보내게 되었다.

결혼하니까 참 좋다. 몽이가 내 사람이라, 늘 내 곁에 있어서 참 좋다. 어디 멀리 갔다가도 저녁이 되면 다시 나에게로, 집으로 돌아올 것을 알기에 편안하다. 결혼이라는 형식이 선물한 안정감이라는 게 이런 걸까?

어디에서 무얼 하든, 우리는 늘 서로를 생각하고 챙기고 기댄다. 무엇보다 '기댄다'는 말이 좋다. 이것저것 눈치 보지 않고, 미안해하지 않고, 재지 않고, 조바심 내지 않고 그저 편안히 기댈 수 있다는 것. 이 세상에 내가 언제든 편안히 기대어 잠시 쉴 수 있는 나무가 있다는 것이 다행스럽다. 더 이상 혼자가 아니라서.

달콤한 케이크 한 조각, 짧은 산책길의 바람 한 줄기, 소소한 주변 일들을 나눌 수 있는 존재. 그런 존재 하나 내 옆에 두는 게 얼마나 큰 삶의 선물인지, 이제야 알겠다.

아직 아이는 없지만 부부라는 이름으로 벌써 꽤 긴 시간을 함께 보낸 우리는 아직도 자주 함께 술잔을 기울이며, 함께 산책을 한다. 봄, 여름, 가을, 겨울 계절이 바뀔 때마다 늘 한결같이 서로의 곁에 머문다. 보통 같은 하루를 보내면서 늘 똑같은 이야기를 한다. 결혼해서 너무너무 좋다고. 네가 나를 챙겨주고 내가 너에게 기댈 수 있고 우리가 서로의 곁에 오래도록 있어줄 것을 의심하지 않을 수 있어 행복하다고.

사랑이란

"나 재롱잔치 할 때 사람 진짜 많았는데
엄마 한번에 찾아냈어. 그게 사랑이야."

-라고 딸이 말했다는 글을 읽고.
나도 생각해 봤어.
흠
우리에게
사랑이란 뭘까?
까똑
나 버스 탔어!

집에서 멀리 떨어진 버스정류장에
조금이라도 빨리 보고 싶어
너를 데리러 가는 거.
냥이~

자!
팥죽 맛집이래서 사왔어.
냥이 좋아한다며.
어, 기억하고
있었어?
사소한 말도 기억하는거.
맛있는거 보면
같이 먹고 싶은거.
뿌듯
안 그래도
먹고 싶었는데!

근데 내일 내가 먹으면
몽이는 맛도 못 보겠다.
괜찮은뎅.
지금 한입
먹어봐.
아
앙~
우물
우물

같이 나눠먹고 같이 웃는 거.
헤벌레
달다~
꺄♥
그걸로 다 됐다고 생각하는 거.
그런 게 사랑이야.
냥이
좋아하네
이 녀석을 오늘도
살 찌웠다

결혼은 나와 아주 먼 이야기

몽이도 나도, 부모님의 불화로 화목하지 않은 가정에서 자랐다. 내 생각에 이런 집 자녀들은 대개 둘 중 하나의 생각을 갖게 되는 것 같다. '절대 결혼 같은 건 하지 말아야지'. 혹은 '나는 빨리 결혼해서 보란 듯이 행복하게 살아야지. 나의 부모님처럼 살진 말아야지.'

나는 그 두 가지 생각 중 오랜 시간 '결혼하지 말아야지'를 믿었다.

"굳이 힘든 길을 뭐하러 가나?"
"난 결혼 같은 것 절대 안 해. 혼자 잘 먹고 잘 살 거야."

그 마음이 흔들릴까, 속으로 매일 되뇌었다. 이런 말을 하면 엄마가 슬퍼하겠지만, 솔직한 심정으론 엄마처럼 결혼으로 인해 불행하고 싶지 않았다. 엄마처럼 행복하지 않게 살 바에는 차라리 결혼하지 않고 혼자 살고 싶었다. 남편 때문에 눈물 흘리는 아내, 벗어나기 어려운 슬픔과 생활고, 자식을 짐처럼 느끼는 부모, 그 부모에게 수없이 상처받으며 자라는 자식들….

꼬리에 꼬리를 무는 불행을 답습하고 싶지 않았다. 분명 결혼으로 인해 내가 세상에 태어났고 우리 가족도 좋았던 날이 있었을 텐데…. 좋은 기억은 나쁜 기억에 잡아먹혔다. 나쁜 기억이 더 힘이 센가. 부슬비처럼 내리는 불행을 이길 수가 없다.

어찌된 이유인지 주변의 친한 친구들도 다 비슷한 환경에서 자랐고, 가까이에 보고 배울 사람이나 닮고 싶은 어른도 없었다. 때문에 결혼은 '불행'으로 가는 지름길이라는 인식이 점점 더 강화되었다.

"결혼하고 행복했다는 사람이 아무도 없잖아? 그럼 도대체 결혼을 왜 해?"

몽이도 나와 비슷했다. 이십 대 후반이 되어서도 아예 '결혼'이라는 단어 자체를 생각해보거나 말해본 일이 거의 없다고 했다. 자신의 삶과 결혼이라는 단어를 연결해 상상하기는 어려웠다고. 전혀 현실감 없는, 아주 먼 미래에나 있을 법한 남의 일 같은. 결혼은 우리에게 그런 외계어였다.

몽이는 학교를 졸업하고 취직한 후에도 누가 결혼 계획에 대해 물으면 "결혼? 전혀. 한다면 마흔에나."라고 시큰둥하게 말했다고 한다. 최선을 다해 막연하고 모호하게. 누군가를 변함없이 평생 책임지고 사랑해야 한다는 것은 몽이에게도 힘들고 버거운 일이었으리라.

그러나 뜻밖에도 우리는 만난 지 오래 지나지도 않아 빠르게 결혼했고, 수년이 흐른 현재까지 아주 잘 살고 있다. 누군가는 '싸우지 않냐, 지루하지 않냐' 의심의 눈초리로 묻는다. 그러나 우리는 여전히 사이좋고 재밌으며 날마다 신혼처럼 고소하게 지내고 있다.

인생은 참 알 수 없는 거다. 그러니 결혼을 포함해 그게 무엇이든 쉽게 장담해서도, 쉽게 낙담해서도 안 될 것 같다.

결혼은, 어린 시절의 내가 상상했던 것처럼 무조건 불행으로 가는 지름길은 아니었다. 누구를 만나 어떻게 사랑을 이루어 가느냐에 따라 충분히 달라질 수 있는 것이었다.

살다 보면 내 인생에서 절대 없을 것 같고 너무 멀다고 여긴 일들이 갑자기 훅, 인생의 문을 두드리며 찾아오는 순간이 있다. 그 순간을 잘 맞으려면 혼자 있는 긴 시간 동안 마음 준비를 잘하고 있어야 한다. 인생을 비관하거나 부정하지 말고 있는 그대로 사랑하면서.

결혼, 한번 해볼까?

20대 초반. 이상하게도 그때 기억이 별로 나지 않는다. 자주 무언가에 화가 났고 불평불만이 가득했고 지쳐 있었다. 얼마 살지도 않았는데 어느새 다 산 것처럼 삶이 뻔하게 느껴졌고 지루했다. 불확실한 미래 때문에 불안은 극에 달했고, 미래에 대해 아무런 기대나 희망도 품지 못했다. 대부분의 청춘들이 그러하듯 '시간'이란 걸 화장실 두루마리 휴지만큼도 소중히 여기지 않았던 시절이었다.

하루가 멀다 하고 의미 없이 놀러 다니거나 술독에 빠져 허우적거렸다. 기억의 조각들이 부서지고 잘려나가고 끊어져버린 그때 스무 살 언저리. 모든 게 불확실했고, 불안했고, 나조차도 나를 어찌 할 수 없을 만큼 무수히 흔들렸던 시절이었다.

어느 날 제일 친한 친구 A가 술 마시자며 불러냈다. 시답잖은 이야기를 나누다가 그 친구가 문득 물었다.

"너, 나중에…. 이담에 나이 먹으면 결혼할 거야?"

"아니. 난 안 할래."

"왜?"

"결혼하면 그다지 행복하지 않은 거 같아. 우리 부모님들 못 봤냐?"

"그래도 외롭잖아."

"야, 뭐가 외로워. 맨날 놀러 다니면 되지."

"아니, 계속 계속 혼자 있으면 외롭지 않을까? 지금이야 괜찮지만 나이 들고 아프면 말이야. 계속 이렇게 살 순 없잖아."

그때까지 나는 나이 든 내 모습을 상상해본 적이 없었다. 돌이켜보면 너무나 중2병 같은 발상이지만(그래서 말하기 창피하지만), 스물일곱 살 전에 내가 죽을 거라고 믿었다. 아니, 희망 없이 살 바에는 죽는 게 나을지도 모르겠다고 생각했다. 그럴 수 있기를 바랐던 건지도 모르겠고. 짧고 굵게 사는 게 모토였달까? 늙고 병들어가는 미래나 결혼 같은 건 내 인생에서 상상할 수 있는 종류의 것이 아니었다.

"그런가…? 정말 외로울까?"

"응. 아무도 없다면 말이야."

잠시 눈을 감고 상상해봤다.

'나이 들면 부모님은 부모님대로 동생은 동생대로 살 것이고…. 난 성격도 까탈스러워 잘 맞는 친구도 몇 명 남지 않겠지. 나랑 같이 살 친구가 있을까? 그때까지 결혼 안 하고 남아 있을 친구가 있을까? 친구들이 결혼 안 한다는 보장도 없네. 그냥 남자 친구랑 동거나 할까. 근데 언제까지 동거할 수 있지? 그러다 헤어질 수도 있잖아. 끝은 알 수 없는 거니까. 헤어질 때마다 매번 또 아프고 힘들겠지. 사랑과 이별을 무한반복하는 삶이 가능하긴 할까? 가족도, 친구도, 애인도 없는 삶은 많이 외로울까?'

꼬리에 꼬리를 무는 '만약에'를 갖다 붙이며 빈약한 상상력을 짜내 최악의 상황을 만들기도 했다. 그 상상의 끝에 혼자 병상(?)에 누워있는 내 모습이 떠오르기도 했다.

"만약에 만약에. 진짜 외로우면 어쩌지? 후회하게 되면 어쩌지? 내가 힘들 때 정말 곁에 아무도 없으면 어쩌지?"

그때는 너무나 막연하고 또 막연해서 두렵기만 했던 미래. 그러나 지금 나는 알고 있다. 결혼해보니 결혼한다고 해서 외롭지 않은 것은 아니었다. 나의 외로움을 다스리는 건 관계와 별개다. 온전히 내 문제인 거다. 혼자라서 외로운 게 아니라 홀로 서지 못해서 외로운 거라는 말도 있잖은가. 그리고 결혼해도 얼마든지 중간에 헤어질 수 있으니까.

'이혼은 흠이 아니다'라는 말이 당연하게 받아들여질 만큼 세상도 변했다.

한번 결혼했다고 평생 함께 가리란 보장이 없고, 한번 이혼했다고 평생 혼자일 거라 장담할 것도 아니다. 또 결혼한다고 늙은 내 병상 옆에 반드시 누군가 있어주리라는 보장도 없다. 일어나지 않길 바라는 일이지만 남편이 나보다 일찍 죽고 자식이 없을 수도 있으니까. 그러니 20대의 내가 했던 고민들은 얼마나 터무니없는 것인가. 결혼은 아무것도 약속해주지 않고, 아무런 힘도 없는데.

내가 힘들 때 결국 힘을 내야 하는 건 나 자신이란 걸, 결혼은 어떤 문제도 해결해줄 수 없다는 걸 이제는 안다. 우습지만 이게 다 '해보고 나니' 알게 된 것들이다.

요즘이야 비혼주의도 많고 친구나 동거인, 반려동물과 평생을 함께 사는 사람도 있다. 나도 그런 라이프 스타일에 적극 찬성하며 홀로 사는 것이 성향에 맞는 사람이라면 그렇게 사는 것도 좋다고 생각한다. 행복하지 못한 결혼이라면 안 하니만 못하다.

하지만 스무 살 시절에는 별다른 길이 떠오르지 않았다. 다양한 삶의 형태나 다양한 가족의 모습에 대한 고민이 부족했다. 무엇보다 혼자라도 좋은 사람이 있고 아닌 사람도 있다는 것, 나는 혼자서도 내 삶을 충만하게 느낄 수 있을 만한 사람인지 아닌지에 대한 판단도 모자랐다.

이제 와 생각하면 나는 입으로는 비혼이라고 주장했지만, 혼자 살 준비는 전혀 안 돼 있었다. 평생 혼자 살아가는 삶을 선택했다면 많이 슬퍼하며 살았을 것 같다. 개인주의자라 외치면서도 외로움을 많이 타서 괜히 자신을 들들 괴롭히며 살았을 수도 있다.

"정말 결혼하면 모두가 불행한 걸까?"

"나 하기 나름 아닐까?"

"서로를 지켜줄 사람이 있다는 건 좋은 거 아닐까?"

"평생 내 편 하나쯤은 있어도 괜찮겠지. 하지만 평생 내 편이 되어주리란 걸 어떻게 믿지?"

친구의 질문 하나가 꼬리에 꼬리를 물었고 어느샌가 '결혼'이 꼭 부정적인 것만은 아닐지도 모른다는 생각이 들었다. 내 편 한 명이라도 곁에 있어준다면 덜 외로울 거 같다는 생각. 혹시 모를 불행도 누군가 곁에 있다면 견딜 수 있을 거 같다는 생각. 결혼에 대한 혼란스런 생각들이 스무 살 시절 내내 나의 머릿속을 휘저어놓곤 했다.

하지만 시간이 흐르고 나이가 한 살 한 살 먹을수록 조금씩 결론이 가볍고 단순해졌다.

"결혼? 좋은 사람 있으면 한번 해보지 뭐. 아님 말고."

'결혼'이 하고 싶었던 가장 큰 이유는...
미혼 시절
냥이
멍

외롭다아아.
누가 나 좀
골방에서 꺼내줘...
우울증
사실 '외로워서'가 컸다.

기적처럼 몽이를 만나 결혼하고
행복하게 살게 되었지만
어두웠던 과거여,
안녕!

생각보다 많은 시간은
여전히 홀로 보내야만 하고
......
......

한 몸처럼 사랑하고 아끼는 몽이도
가끔은 낯선 사람처럼
느껴지기도 한다.

수년간의 연애와 결혼생활을 통해 느낀 건
결국 나의 정서적인 문제를
타인이 해결해 주길 바라서는
안된다는 것,
결혼한다고
안 외로운 건 아니구나.
나는 결국 나네.
……

결혼이 '외로움'의 돌파구로
여겨져선 안된다는 것이다.
우리의 관계에서도
중요한 건 '나'
나를 먼저
살피고
사랑하자

여러분,
결혼은 현실입니다.
신중한
선택하세요.
급하게 하면
큰일나요…
휘잉

그런 사랑을 하고 싶었어

만약 내가 결혼을 한다면?

“나는 능력자도 아니고 대단한 미인도 아니고 집안이 좋은 것도 아닌데….”

스스로 살펴보고 따져봐도 나는 모자란 게 너무 많았다. 조건 따라 결혼할 수 있을 만한 사람이 아니었다. 게다가 조건 보고 만난 사람이 내 자유분방하고 특이한 성격을 받아줄 리도 만무했다. 역시 내게 제일 중요한 결혼 조건 1순위는 ‘사랑’뿐이었다. 나와 잘 맞는 사람과 사랑해서 연애하고 자연스레 결혼하는 것. 내가 가진 이런저런 조건들이 세월 따라 사라져도 껌딱지처럼 곁에 남아서 서로를 굳건히 지켜줄 사랑.

과연 그런 사랑이 있기나 할까? 있다면 내 인생에 찾아와줄까? 물론 전혀 알 수 없는 일. 다만, 마냥 추상적으로 ‘좋은 사람, 착한 사람’보다는 나와 잘 맞는 사람을 만나는 게 중요했다. 나에게는 똥차였던 누군가도 다른 사람에겐 벤츠가 될 수 있는 법 아니겠나.

회사에서 사원으로 일하던 때였다. 친하게 지내던 책임님이 한 분 계셨다. 한 남자(지금은 남편이 되신)를 소개팅 자리에서 처음 만났는데, 상상 속에서 그리던 이상형이었다고 했다. 배우자 체크리스트의 체크박스가 전부 V자로 체크되는 경험을 했다는 얘기를 들었다. 마치 만화처럼.

워낙 행복하게 잘 살고 계신 분이라 그 얘기가 꽤 흥미롭게 느껴졌다. 나도 체크리스트를 만들어보기로 했다. 허구한 날 매번 '이랬으면 좋겠다, 저랬으면 좋겠다' 뭉뚱그려 생각하기보단 구체적으로 그려보기로 했다. 내가 원하는 상에 딱 맞는 사람이 나타나면 빨리 알아보기 위해. 또 너무 벗어나는 사람에게 함부로 빠져들지 않도록 하기 위해. 나의 '보는 눈'에 객관성과 현실성을 부여해보기로 했다.

"그냥 키는 나보다 크면 됐지. 작아도 그만큼 자신감이 있으면 괜찮고. 나이도 엄청난 차이만 아니면 상관없어. 얼굴 뜯어먹고 살 거 아니니까 얼굴도 꼭 잘 생기진 않아도 돼(내 마음에 안 드는 건 싫지만). 돈이야 뭐…. 지금은 젊으니까 돈 없을 수도 있지. 대신 삶의 목표가 있었으면 좋겠어. 순둥순둥 나에게만큼은 착했으면 좋겠고. 내가 술 좋아하니까 나랑 같이 술 마실 수 있는 주량 정도면 너무 좋을 듯. 지루한 성격은 싫어. 유머 감각이 있으면 너무 좋지."

높지 않은 듯하면서도 실은 엄청나게 높은(?) 이상형의 조건이다. 요즘 들어 더욱 느끼는 건데 괜찮은 사람을 찾는다는 건 너무 어려운 일이다. 세상의 반은 남자 혹은 여자라지만, 그중 내 연령대에서 상대가 있는 사람이나 기혼자 빼고 친인척, 지인 빼고 전과자 빼고 빚이 수억인 사람 빼고 성격 파탄자 빼면 몇 명이나 남겠나.

쓸데없는 체크리스트를 지우고 채우고 반복하다 한 해, 두 해 세월만 흘러갔다. 시간이 지날수록 알게 됐다. 인연이라는 게 있다는 것. 단순한 한 가지만 통해도 인연이 닿으면 사랑하고 결혼하게 된다는 것.

좋은 인연도 결국은 내가 만든다는 것. 좋은 사람을 알아볼 수 있는 눈을 갖는 게 우선이다. 좋은 사람이 나를 알아볼 수 있도록 나도 좋은 사람으로서 준비되어 있어야 한다. 분명한 것은 그뿐이다. 단순하고 명쾌하게도.

어휴...
추워.
휘잉
몇 해 전 거듭되는 소개팅 실패로
우울함이 바닥을 치던 냥이...

이대로
'결혼은커녕 남자친구는 사귈 수 있을까?'
우아앙
와장창
-하는 생각으로 괴롭던 나날이었다.

하다하다 가수 백지영님이
이상형 리스트를 적어놓고 매일 읽으며
'배우자 기도'를 했다는 이야길 보고
따라해보기까지 했다.
오 신이시여...
한 명만 점지
해주세요

그때 적은 내 이상형이 어떤 사람이었냐면...
꽃 선물해주는 남자
다정하고 칭찬에 후함
내 그림 좋아해줌
애교쟁이
자기 일 열심히 함
술 좋아함
유머 넘침

몇 년 지나고 생각해 보니
왜 그렇게 조급하게 생각했었는지...
하
하
그땐 그랬지...
인연이란 게 다 때가 있는 건데 말
냥이~

냥이.
저 출출한뎅...
웅?
뭐 먹을 거 없어용~?
슥
슥

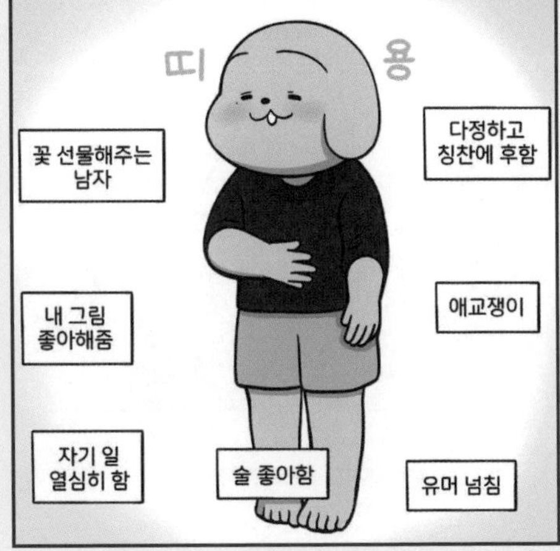
띠
용
꽃 선물해주는 남자
다정하고 칭찬에 후함
내 그림 좋아해줌
애교쟁이
자기 일 열심히 함
술 좋아함
유머 넘침

그러고보니 그때 적은
이상형 리스트랑 몽이랑 딱 맞잖아???
헐...
지금 알았어!!
소오름

간 증 의 시 간
여러분~
제가 기도로 반려자를 만났습니다아아아
냥이교

근데 뭔지 모르게 이미지가 다른 건 함정ㅋㅋㅋ
헤
?
ㅋㅋㅋ
ㅋㅋㅋ

좋은 사람

결혼 전, 어쩌다 보니 연애를 많이 했다. 무슨 복이 있었던 건지 사귀었던 사람들이 하나같이 좋은 사람들이었다. 데이트 폭력이다 뭐다 해서 몹쓸 남자들도 많고, 바람을 피우거나 불성실한 태도를 보이는 등 나쁜 남자들도 많지 않은가. 살벌한 주변 이야기들과 비교하면 나의 과거 인연들은 참 다행스럽게도 친절하고 착하고 재미있었다. 무엇보다 내게 정말 잘해줬다. 여러모로 헤어진 게 아쉬울 만큼 괜찮은 사람들이었다. 진짜 괜찮은 사람은 사랑할 때보다 헤어질 때 잘 헤어질 수 있는 사람이 아닐까? 덕분에 나의 이별은 슬프긴 했어도 씻을 수 없는 상처를 남기지는 않았다.

결혼까지 한 이 마당에도 지난 사랑들에게 전하고 싶다. 다들 좋은 이들이었다고. 정말 고마웠다고. 당신들 덕분에 나는 조금 더 괜찮은 어른으로 성숙할 수 있었다고.

그 시절 내 연애에서 이별을 불러온 원인은 항상 나였다. 대부분 문제는 나에게 있었다. 부끄럽지만 사실이다. 연애가 실패했던 이유는 다 내 쪽에 있었던 거 같다. 20대 중반까지 특히 그랬다.

초반엔 부모 형제가 아닌 타인이 그토록 나를 사랑해주는 것이 너무 설레고 신났다. 세상에 태어나 처음 맛본 '연인'이 된다는 기쁨. 자연스레 그 기쁨에 푹 빠졌고 행복한 날들을 보냈다. 한때는 누군가에게 영원을 약속하기도 했다.

하지만 감정 기복이 심했던 건지, 철이 없었던 건지 시간이 조금만 흐르면 쉽게 연애를 지루해하고 사랑을 당연시 여겼다. 그럴 수밖에. 난 끈기와 인내, 희생, 이해같이 누군가를 사랑할 때 필요한 것들, 힘든 것들은 쏙쏙 피하면서 받기만 하는 사랑을 원했으니까. 내 감정을 다스릴 줄 몰랐으니까.

나이는 먹어 성인이었으나 한껏 어른인 척했을 뿐 사실은 아무것도 모르는 철부지였다. 마치 백화점에서 장난감을 양손에 쥐고도 새 걸 사달라 떼쓰고 이리저리 뛰어다니는 어린아이 같았다. 내가 아무렇게나 해도 날 좋아해주는 게 당연한 줄 알았다. 나한테 무조건 사랑을 줘야 한다고 요구했다.

사랑을 받은 만큼 줄 줄도 알아야 한다는 것, 그 사람이 얼마나 소중한지도 깨달아야 한다는 것을 알지 못했다. 영원할 것처럼 빛나던 사랑이 나의 잘못된 행동과 언행으로 쉽게 부서질 수 있다는 걸 몰랐다. 아니 인정하지 않았다. 내 마음대로 주무르고 함부로 대했던 시간들, 미숙한 시간들이 나에게도 있었다.

물론 한창 좋을 땐 다 좋다. 그러나 연애도, 결혼도 구름 위만 걷는 건 아니다. 현실이고, 관계다. 어리고 이기적이었던 나를, 그들은 결국 떠나갔다.

당시에는 그들이 나를 떠났던 이유도 잘 몰랐다. 내가 사랑할 줄 몰랐다는 것도 알지 못했다. 나를 견디기 힘들었을 그들에게 오히려 탓을 돌렸다.

하지만 반복되는 만남과 이별을 겪으며, 우울의 수렁 속에서 조금씩 깨우치기 시작했다. 상대가 아닌 나에 대해 생각했다. 나의 마음과 행동을 가만히 돌아보았다.

누구도 가르쳐주지 않았지만 자연스레 알게 되었다. 문제가 나에게 있었음을. 쉽게 받기만 하려고 했던 사랑. 그건 사랑이 아니었음을.

눈물과 외로움과 우울 속에서 다짐했다. 이기적인 사랑은 더 이상 하지 않으리라. 나 자신과도, 타인과도 성숙한 관계를 맺으리라.

(이후엔 남자 친구가 생기면 '잘 해줘야겠다'는 생각이 컸다.)

운명이란 게 진짜 있는 걸까?

몽이와 나는 대학 동기였다. 특별할 건 없었다. 그저 수십 명의 동기 중 한 명이었다. 우리 과는 동기간에 행사가 많아 사이가 좋은 편이었지만 서로 공통분모가 전혀 없었던 몽이와 나는 특별한 대화조차 나눈 기억이 없다. 그저 서로 이름만 아는 사이였다. 1학년 1학기 때 먼발치서 본 게 전부다.

내가 3학년을 마친 후 휴학하고 복학하고 졸업하고 취업한 사이, 몽이는 1학년을 마치고 휴학하고 군대를 다녀오고 복학을 했다. 학교생활의 사이클이 달랐기 때문에 같은 대학 동기였어도 인연이 닿지 않았다. 처음 만난 지 8년여가 지나도록 학교에서 마주친 일이 거의 없었다.

우스갯소리로 종종 몽이에게 말한다.

"과거의 나에게 타임머신을 타고 날아가서 '너 나중에 네 동기랑 결혼한다'

라고 말한다면 진짜 어이없어서 한 대 칠지도 몰라."

그럼 몽이도 웃으며 대꾸한다.

"나는 알았겠어? 나도 그럴 듯."

인연이라는 것은, 특히 부부의 인연이라는 것은 하늘만 아는 비밀인 것 같다. 인간인 우리들은 손톱만큼도 눈치챌 수가 없다. 바로 옆에서 스치듯 지나쳐도 잡을 수 없고, 알아차리지 못하는 경우가 다반사다. 전혀 결혼하리라 예상치 못했던 사이였는데 급격히 발전하기도 하고, 꼭 결혼하리라 예상했던 커플이 느닷없이 헤어지기도 한다. 어디서 누구를 만나게 될지는 정말 아무도 모른다. 하늘만이 안다.

그날은 참 이상한 날이었다. 난 평소에도 '아싸(아웃사이더)'라 불릴 만큼 동기들과 친분이 없었다. 겨우 유일하게 친했던 동기가 한 명 있을 뿐이었다. 그런데 그날따라 그 친구가 술에 잔뜩 취해 술자리에 나오겠냐며 전화를 했다.

당시 나는 집 근처에 마련한 작업실에서 그림을 그리던 중이었다. 평소 같았으면 으레 거절했을 전화 한 통. 사람 많고 낯선 곳을 워낙 싫어해 보통의 나라면 당연히 안 갔어야 할 자리였다. 그런데 그날은 어찌된 일인지 한달음에 그 술자리에 나갔다. 인연의 자석이 있다면 그 힘이 날 끌어당긴 게 아니었을까 싶다.

사람들이 빽빽하게 차 있던 술자리엔 정말 오랜만에 보는 친구들이 있었다.

대부분 1학년 때 이후 보지 못했던 동기들이었다.

'와, 재 정말 오랜만에 본다. 와, 얘도 멀끔해졌네. 얘는 여전히 예쁘다.'

반가운 마음에 속으로 이런저런 감탄을 하고 있는데, 그중에 낯선 얼굴이 보였다.

'쟨 누구지? 우리 동기 중에 저런 애가 있나? 전과했나?'

8년 만에 보는 몽이를 전혀 알아보지 못했다. 술을 한참 마신 후에야 그를 알아봤다(물론 일찍 알아봤다 한들 달라지는 건 없었겠지만). 몽이는 그 사이 살이 좀 붙고 교정을 해서인지 외모가 많이 달라져 있었다.

자정 넘어 새벽까지 술자리가 길어졌다. 동기들 여럿이 남아 왁자지껄한 분위기였다. 어느샌가 몽이가 슬그머니 내 옆으로 다가와 앉았다. 재미도 없는 회사 이야기를 물으며 말을 시켰다. 몽이의 질문에 건성건성 대답하면서 속으로 마땅찮아했다.

'회사 생활은 왜 자꾸 물어봐? 얘 취업 못한 건가…?'

그때까지도 나는 몽이를 '그냥 할 일 없이 회사 얘기나 물어보는 친구'로 여겼다. 한두 명씩 띄엄띄엄 집으로 돌아가고 슬슬 술자리가 끝나갈 무렵, 몽이는 또 똑같은 질문을 몇 번 했다.

"나중에 술 한잔 사줄 수 있어?"

"나중에 찾아가면 술 한잔 사주는 거다?"

'얘가 진짜 술값이 없나 보네.'

속으로 중얼거리며 측은지심이 들었다.

"그래, 누나가 한잔 산다, 사!"

흔쾌히 대답했다.

비록 끊어졌다 다시 이어진 인맥이지만 인맥 넓혀 나쁠 것 없다는 생각과 평소에도 친한 동생들 술 사주는 걸 좋아했기 때문에 나로서는 별 대수롭지도 않은 약속이었다.

나중에 안 사실이지만 당시 몽이는 꽤 오랫동안 여자 친구가 없는 상태였다고 한다. 아무나 만나지 말아야겠다는 생각과 함께 진짜 결혼까지 할 만한 이상형을 만나고 싶어 하던 때였다고 했다. 그런데 그날, 뭔가 강렬한 끌림을 느꼈다고 했다.

왠지 이 사람이 내 사람이 될 것 같은 기분. 운명이 있다면 이런 걸까 싶은 생각도 들었다고 했다. '첫눈에 반한다'는 말이나 오글거리는 운명론을 단 한 번도 믿은 적 없던 그였으나, 그날 그 순간만큼은 분명 특별한 끌림을 느꼈다고 했다. 그래서 괜히 말을 걸려고 쓸데없는 이야기까지 주절주절 꺼내다 보니 나에게는 그 모습이 영 어색하고 모자라 보였던 것 같다.

그날 이후 몽이와 나는 간간이 메신저로 연락을 주고받는 사이가 되었다. 그리고 얼마 지나지 않아 그날 했던 약속처럼 다시 만나 술을 마시게 되었다.

아침저녁에는 여전히 쌀쌀한 기운이 감돌던 4월 어느 날이었다. 늘 그렇듯 퇴근길의 강남역은 북적북적 소란스러웠다. 우리는 조금 어색하게 다시 만났다. 동기라고는 해도 몽이에 대해 아는 게 전혀 없으니, 그저 '사는 얘기'나 하자 싶은 마음으로 별 기대 없이 나갔다.

그런데 몽이는 만나자마자 대뜸 나와 공통점을 찾으려는 듯한 대화들을 시작했다. 꼭 소개팅하는 것처럼.

"고등학교는 어디 나왔어?"

"동생은 있어?"

"주말엔 보통 뭐해? "

묻는 말에 짧은 대답을 시큰둥하게 이어가고 있는데, 갑자기 몽이가 불쑥 말을 꺼냈다.

"있잖아, 우리 둘이 사귀면 되게 잘 맞을 거 같아."

순간 나는 어리둥절했다.

'띠용! 지금 이게 무슨 상황인 거지…?'

그 순간 정말 '띠용'이라는 말이 입에서 절로 나왔다.

"너 뭐야?"

"그냥, 그럴 거 같아서~"

그의 저돌적인 대사에 엄청 당황했다(지금 생각해도 살짝 어이없네!).

그때 몽이가 정말 싫었다거나 그 상황이 불쾌하다거나 이성으로 보이지 않았다면 아마 거기서 그만 일어났어야 맞을 것이다. 그런데 웃기게도 그 순간, 누군가 내 마음의 문을 벌컥 열어젖힌 것처럼, 몽이가 다시 보였다. 전혀 다른 사람이 되어 내 눈앞에 재부팅되었다.

그렇게 우린, 긴 겨울 끝에 찾아온 봄날처럼 따뜻하고 부드러운 연애를 시작했다.

왜 이렇게 비슷해?

영화관에 가는 걸 좋아한다. 영화를 고르고 예매하고 영화관 에스컬레이터를 타는 순간이 좋다. 낯선 세계로 빨려 들어가듯 어두운 상영관 안으로 들어갈 때 느끼는 약간의 설렘과 긴장도 좋다. 달달한 카라멜 팝콘을 야금야금 집어 먹는 것, 얼음이 잔뜩 들어가 살짝 밍밍해진 콜라를 마시는 것, 상영시간 내내 손바닥에 땀이 나도록 서로의 손을 꼭 잡고 영화 보는 것도 좋다. 그런 데이트를 하려면 영화 취향이 비슷하면 좋겠지?

"영화 좋아해?"

"어!"

"어떤 영화 좋아해?"

"난 액션이나 누아르 좋아해."

"어, 나도!"

"혹시 비스티 보이즈 봤어? 그런 끈적한 영화."

"뭐?"

순간 깜짝 놀랐다. 어머, 그 영화를 알아? 윤종빈 감독 영화. 저급한 호스트들이 데굴데굴 구르는, 밑바닥 인생을 담은 영화. 전국 71만밖에 보지 않아 흥행에 실패한 마이너 영화지만 내가 좋아하는 영화. 세상에, 그 영화를 꺼내다니.

"와! 나도 그 영화 엄청 좋아해. 대박 신기하다. 그거 좋아하는 사람 처음 봐."

"진짜? 와!"

"그럼 신세계나 범죄와의 전쟁 이런 거도 좋아하겠네."

"당연하지."

몇몇 영화 제목이 더 오갔다. 우리 사이에서는 계속해서 '어, 나도 좋아해'와 '신기하다'를 연발했다.

그날 이후 우리는 주말, 평일 할 것 없이 틈만 나면 만나 밥을 먹고 영화를 보고 산책을 하고 차를 마시고 술을 마셨다. 먹고 대화를 나누며 보낸 시간들은 서로에게 흠뻑 빠져 어찌 흘러가는지도 모를 정도였다. 카페며 술집이며 가는 곳마다 왜 그렇게 분위기는 좋고 날씨는 또 왜 그리 화창한지!

4월부터 시작한 우리의 연애는 벚꽃을 닮았다. 찬란하고 눈부셨다. 늘 있던 평범한 순간들도 몽이와 함께하니 전부 새로운 세상으로 바뀌었다. 짜릿짜릿

했다. 순간이동으로 별나라에 여행 온 사람처럼 황홀했다.

"재즈나 클래식은 좋아해?"

"응."

"난 힙합도 좋아해."

"나도."

음악 취향도 비슷했다. 좋아하는 건축이나 실내 분위기, 음식, 옷 입는 취향, 선호하는 색도. 주머니 속 헝클어놓은 퍼즐들을 아무거나 꺼냈는데 모두 짝이 딱딱 맞는 것 같은 기분이었다.

너무 신기했던 게, 우리가 어떤 노래에 대해 얘기하거나 흥얼거리면 머물던 식당이나 매장의 TV에서 바로 그 노래가 나왔다. 'IP 티브이에 없는 영화라 아쉽다.'라는 말이 끝나기 무섭게 영화 채널에서 그 영화를 틀어주기도 했다. 자꾸 우연한 일화들이 반복되니 마치 온 세상이 우리의 만남을 축복해주는 것만 같은 착각에 폭 빠졌다. 사랑에 빠진 모든 연인들이 다 그럴 테지만, 마치 우리만 그런 것처럼, 세상의 중심에서 사랑을 외쳤다.

"너랑 나랑, 정말 잘 맞는 거 같아."

"그렇지. 진짜 비슷하지. 이런 게 운명인 건가?"

어떤 친구는 '너네 둘이 외모도 닮았어.'라고 말했다. 그 말 한마디에 거울을 몇 번이나 들여다봤다. 가만 보니 진짜 외모마저 닮은 것 같았다.

"그러게. 우리 둘 다 눈도 크고 입술도 두껍고. 손가락도 길고."

"뭐든 열심히 하지만 게으른 성격도, 기다리는 걸 싫어하는 급한 성미도, 성격 구석구석까지 비슷한 게 너무 많아. 천생연분, 소울메이트야."

사랑에 빠지면 우주의 중심이 바뀐다. 우리의 러브스토리는 세상에 단 하나뿐인 이야기가 되고, 너는 나에게, 나는 너에게 우주에서 하나뿐인 운명이 된다. 콩깍지의 기적이 일어난다. 닳도록 바라보아도 그립고, 닳도록 만져도 아쉽다.

두둥실

연애 시절, 차가 없던 우리는 버스와 지하철을 타고 이 동네 저 동네 돌아다녔다. 사당 이수 이촌 이태원 종로 광화문 홍대…. 골목길, 식당, 공원, 버스정류장, 지하철 승강장. 구석구석 곳곳마다 우리의 추억이 묻어 있다. 사랑하는 사람과 함께하면 남루하고 사소한 것들도 반짝반짝 빛이 난다. 내가 좋아하지 않던 것도 너와 같이라면 기꺼이 하고, 내가 먹지 않던 것도 너와 같이라면 한번쯤 먹어봐도 좋다는 마음이 생기는 것. 그 마음이 사랑이지.

손에 땀이 차서 미끄러질 정도라도 마주 잡은 손을 놓지 않고 걸었다. 함께 걷는 것만으로도 행복했다. 맛있는 음식과 조용한 카페, 분위기 있는 술집이라면 어디든 찾아다녔다. 몽이와 함께 갔던 장소들은 모두 특별한 의미가 되었다.

늘 먹던 팥빙수도 몽이와 함께 먹으면 난생처음 먹는 팥빙수가 되었다. 우리가 함께 처음 먹은 짜장면과 냉면은 그전에 수도 없이 먹었던 평범한 짜장면과 냉면이 아니었다. 우리가 함께 나란히 앉아 지나갔던 지하철 2호선 홍대입구역부터 뚝섬까지는 지금껏 우리가 알던 지하철 2호선이 아니었다. 아이스 아메리카노는 그냥 흔한 아이스 아메리카노가 아니라 몽이가 좋아하는 아이스 아메리카노로 다시 새겨졌다.

분명 예전에 왔던 적 있던 카페였지만 몽이와 함께 왔으므로 처음 온 거나 마찬가지였다. 익숙한 장소도 몽이와 함께면 전혀 새로운 곳이 되었다. 몽이가 없던 때의 기억은 하나씩 감쪽같이 지워지고 몽이와 함께한 추억으로 다시 새 옷이 입혀졌다. 그 사랑이 첫사랑이 되고, 그 사랑이 유일한 순정이 되어 갔다.

"우리 기차 타러 갈까?"

"너랑 같이 기차도 안 타봤네. 주말에 기차 타러 가자."

"바다 보러 갈까?"

"우리 아직까지 밤바다도 같이 안 봤구나. 지금 당장 가자."

나도 모르게 자꾸 사소한 의미들을 만들고 특별함이 새겨지는 연애. 그것은 과거에 내가 만났던 사랑들과도 분명 달랐다. 더 진하고, 더 쫀득했다. 그 마음의 유통기한이 얼마나 갈지 예측할 수 없었지만, 짧든 길든 그런 사랑이 내게도 찾아왔다는 것은 분명 행운이었다.

밤이 새도록 맛있다, 좋다, 너무 좋다, 행복하다 감탄사를 연발하며 눈이 반달이 되도록 웃음을 짓고 서로의 눈을 들여다보았다. 내가 어떤 사람인지 몽이가 어떤 사람인지, 어떻게 살아왔고 지금 무슨 생각을 하는지, 앞으로는 어떻게 살고 싶은지 수많은 과거와 미래를 나누며 서로의 세계를 열심히 포개었다. 콩깍지가 씌면 아무것도 보이지 않는다는 말은 충분히 일리 있는 말이었다. 그가 하는 모든 행동과 얘기들이 다 나에겐 귀여운 아기가 하는 말처럼 들렸다. 오염되지 않은 순수함으로 빚어진 언어 같았다. 공기 중에 흩날리는 먼지 하나까지도 반짝거릴 정도여서 가끔은 눈이 부셨다.

코끝이 시큰하면서도 가슴이 뻐근하고 저 멀리 치솟았다가 빠르게 땅으로 꺼지는 것 같은 기분. 회사에서도 지하철에서도 길에서도 집에서도 온통 몽이의 잔상이 눈앞에 떠다녀 그 무엇에도 집중할 수가 없었다. 하늘, 구름, 나무, 돌. 세상의 그 무엇 하나 아름답지 않은 것이 없었다. 화난 듯 무표정한 얼굴로 쫓기듯 걷던 강남역 사거리의 숱한 사람들도 왠지 다들 행복해 보였다.

'저 사람들도 모두 사랑을 하고 있겠지?'

무뚝뚝하고 늘 표현이 부족해 무심하단 소리만 듣던 나였는데. 사랑에 빠지니 구르는 나뭇잎에도 자주 크게 웃었다. '이 세상을 사랑하노라' 절로 노래하게 됐다. 제대로 미친 것이다. 미쳐야 사랑이다.

너로 정했다

“난 냥이랑 결혼할 거야.”

사귄 지 2주도 지나지 않아 몽이가 내게 결혼하자 말했다.

“응…? 갑자기?”

“준비해서 내년 즈음에 할까 해.”

“몽이, 지금 연애 초반이라서 신나서 그런 거지?”

“아냐. 진짜야. 진짜 할 거야.”

“결혼 생각 없다며, 왜?”

“그냥. 그래야 할 거 같아. 우린 운명이야.”

“저기…. 난 비혼주의….”

“하하! 됐고! 비혼은 다음 세상에나!”

흔히들 결혼할 사람을 만나면 머리에 종이 울린다던데 몽이도 그랬던 걸까? 결혼은 생각 없지만 일단 연애부터 해보자던 그가 먼저 결혼 얘기를 꺼냈다. 비혼주의라고 떠들던 나라서, 평소 같았으면 결혼이라는 말에 펄쩍 뛰었을 테지만 큰 거부감이 없었다. 그러니 세상에 '절대'라는 건 없다. '절대 결혼 안 해'와 같은 장담은 얼마나 어리석고 유치한가. 세상은 내 뜻대로 움직이지 않는다. 내 마음조차도 내 맘대로 되지 않는다. 그걸 인정하지 않는 것 자체가 자만일 수 있다.

"그냥 그럴 거 같아서."

"그냥?"

몽이의 '그냥'이라는 모호한 말이 이성적으로는 납득되지 않았다. 결혼은 신중하게 해야 하는 거 아닌가? 그냥이라니? 누군가와 '결혼' 얘기를 하게 된다면 당연히 논리적인 이유들이 떠오를 줄 알았다. 어떤 이유로 내가 좋다거나 이런저런 꿈이 있다던가 나와 미래를 그려보고 싶다거나 하는 식의 일반적인(?) 대사들이 오갈 거라 생각했다. 그리고 또 응당 근사한 프러포즈도 있겠거니 기대했다. 왜 꼭 남자만 프로포즈를 해야 하는 건지는 이해가 안 가지만, 여하튼 남자가 무릎 꿇고 반지 같은 걸 주면 이 제안을 받아들일지 말지 심각하게 고민을 하고야 말리라, 애 끓게 만들어주리라 짓궂은 상상을 하기도 했다(희한하게도 우리나라 대부분의 연인들은 왠지 날짜 다 잡아놓고 NO를 할 수 없는 상황에서 형식적인 프로포즈를 하지만!).

그런데 그 수많은 상상과는 거리가 멀게, 그의 프로포즈는 매우 싱겁고도 담담하게 찾아왔다. '그냥'이라는 모호함의 겉옷을 입었지만, 그 어떤 이유와 논리로도 설명할 수 없는 강렬한 끌림으로.

"우린 운명이니까 그렇게 될 거야."

이 말은 얼마나 허황되면서도 강력한가.

"우리 둘은 잘 살 거야. 왠지 느낌이 그래."

어떤 구체성도 없는 호언장담에 거부할 수 없는 힘이 실려 있었다. 참 이상한 일이었다. 솔직히 처음엔 좀 당황스러웠다. 아무리 생각해도 너무 막연한 이유이고 추상적이니까. 하지만 그는 매우 진지했다. 장난스럽다거나 성의가 없어 보인다거나 하면 서운한 기분이 들었을 텐데, 충분히 진정성이 느껴졌다. 단 2주만에 우리는 놀랍게도 서로에 대한 확신을 갖게 된 것이다.

생각해보면 오래전부터 내가 원하고 꿈꾸던 프로포즈가 멋들어진 단어나 일련의 이벤트 같은 건 아니었다.

'너는 내 사람이고 나는 네 사람이다'라는 확신, 그게 가장 필요했다. 홀로 불안정해 이리저리 흔들리는 내 어깨를 꽉 잡고 '나랑 같이 가면 괜찮아'라고 말해줄 사람. 관계의 지속성을 쉽게 의심하는 나에게 산처럼, 바위처럼 단단한 믿음과 안심을 주는 프로포즈. 꽃다발도 반지도 없이, 툭 던지듯 건넨 프로포즈에 나도 강렬한 운명 같은 걸 느꼈다. 아무래도 이 사람과 결혼을 하게 될 것 같다는 느낌. '그렇게 되겠구나' 싶었다.

머릿속으로는 늘 내가 기대고 싶은 사람, 기댈 수 있는 사람과 결혼하고 싶다는 생각을 많이 했었다. 그런데 막상 현실에서는 내가 줄 수 있는 게 많은 남자에게 끌렸다. 몽이는 내가 챙겨줘야 할 것 같은 사람이었다. 아니, 최선을 다해 챙겨주고 싶은 사람이었다. 비 오는 날 젖은 상자 속에 버려진 작은 강아지처럼, 내가 보듬어주고 싶은 사람. '냥이는 멋진 여자니까 냥이랑 결혼하고 싶어!'라고 위풍당당 말하는 듯 보여도 속으로는 여린 사람. 그 여린 속이 훤히 들여다보이는 사람. 사랑에서도 늘 받기만 바라고 이기적이었던 내가, 처음으로 더 많이 주고 싶어 애태웠던 사람이었다. 그날 나는 조용히 내 마음속에서 '비혼주의' 간판을 내렸다. 임자를 제대로 만난 덕분이다. 몽이의 프로포즈에 이미 나는 혼자 속으로 답했다. 너로 정했다고.

냥이.
나 결심했어.
우리
결혼하자!
헛
뭐?

뭐어어어어어어어어어어어어?
쩌어억
콰광

야앙!!!
결혼이 무슨
장난이니??
정색
대체 무슨
생각이야!!
진짜
이상한 친구네;;
참내...
촤아악

그치만...
그래야
할거 같아♥
그냥 느낌이
그래~
헐...

난 원래 결혼은
마혼에나
할 생각이었는데 말야.
하하
냥이는
이 사람이다~싶어서
놓치기 싫어!
마혼...?

물론 아직 돈도 없고
입사 전이니까...
당장은 어렵고
한 일 년 뒤쯤...?
ㅋ
어때??
어이없음
아니,
일년 뒤라고
그땐 돈이 있겠어?

괜찮아,
냥이!!!
돈은
은행에 있어!!!
은행이
빌려줄고양!!
!!

그...그래...?
이런 철딱서니...
?!
이때까지만 해도 연애 초반의,
주절
주절
쫑알
쫑알
헛소리
찍-찍하네ㅎ

치기 어린 마음인 줄 알았다.
구애의
댄스~
참
믿음직스럽다...
결혼 가즈앙~

그럼에도 불구하고

남자는 하늘, 여자는 땅이라는 옛말이 있다. 물론 옛날 말이다. 이제는 폐기 처분된. 높고 낮음의 의미가 아니라 하더라도 이 말에 쉽게 동의하는 사람은 많지 않으리라 믿는다(바람일 수도 있지만). 남자가 여자를 '책임진다'는 표현에도 동의하지 않는다. 가정의 '주체'인 부부는 절대적으로 평등해야 하는 관계이며, 성별에 상관없이 서로에게 책임감을 가져야 한다고 여긴다.

내가 아프고 힘들 때 남편인 몽이가 나를 돕고 지지해주는 게 너무나도 당연한 일이듯, 나 또한 그가 아프면 아내로서 무슨 일이 있어도 그의 곁을 지켜야 한다. 관계에 대한 책임이고, 사랑에 대한 약속이다.

그래서 가끔은 온갖 경우의 수를 상상하며 내가 이 남자를 어디까지 사랑하고 책임질 수 있을지 생각한다.

"만약에 있잖아!"

(지금도 우리는 '만약에'라는 상상을 하며 대화 나누는 걸 좋아한다.)

결혼하고 난 후, 만약에 몽이가 심각하게 아프다면?

몽이가 정신의 병을 얻는다면?

만약에 몽이가 크게 다쳐 몸을 움직일 수 없다면?

만약에 몽이가 갑자기 실직을 한다면?

만약에 몽이가 사기를 당해 큰 돈을 잃는다면?

만약에 몽이가 대머리가 되거나 봐줄 수 없을 만큼 뚱뚱해지거나 외모가 심하게 변한다면? 만약에… 만약에… 만약에….

물론 남을 해치는 범죄를 저지르거나 용서받을 수 없는 일을 한다면 얘기가 다르겠지만 정신, 육체적으로 혹은 경제적으로 어려움이 생긴다면? 내가 그런 상황 속에서도 이 사람을 끝까지 사랑할 수 있을까?

처음에 몽이는 내가 이런 이야기를 하면 무슨 그런 상상을 하냐고 나무랐다. 그런 일은 생기지 않을 테니 안심하라고도 했다. 그러나 이런 나쁜 상상이 내겐 나름의 중요한 이미지 트레이닝(?) 같은 것이었다.

50년 넘게 긴 시간을 함께 해야 할 텐데, 어디서 어떤 일이 일어날지 어떻게 알겠는가. 때론 나쁜 상상들이 지금 우리가 가진 것에 감사하게 되는 계기가 된다. 최악의 경우를 염두에 두는 것만으로도 보험을 들어두는 것처럼 느껴지기도 하고. 너무 좋기만 하면 오히려 불안감이 드는 성격이라, 마음 한편으로 나쁜 상상을 해둬야 마음의 균형이 맞춰진다.

상상력을 한껏 끌어와 '만약에'를 갖다 붙이며 계속해서 질문을 하고 결론을 도출했다. 결혼 날짜가 가까워질수록 속에선 더 극단적인 질문들이 오가곤 했다.

만약에 결혼하고 난 후 만약에 몽이가 아프다면 열심히 간호해야지.

몽이가 정신의 병을 얻는다면 그래도 같이 잘 치료해봐야지.

만약에 몽이가 크게 다쳐 사지를 움직일 수 없다면 내가 손발이 되어줘야지.

만약에 몽이가 갑자기 실직을 한다면 내가 더 열심히 돈을 벌면 되지.

만약에 몽이가 사기를 당해 큰돈을 잃는다면 다시 처음부터 모으면 되지.

만약에 몽이가 대머리가 되거나 뚱뚱해진다거나 외모가 너무 많이 변한다면…. 그건 정말 상관없어.

신기하게도 시간이 흐를수록 더 빠르고 단호하게 대답할 수 있었다. 말도 안 되는 가정들이었지만 내 사랑은 대단하게도 한결같이 답했다. 그런 일이 실제로 일어난대도, 그럼에도 불구하고 내 생이 다하는 날까지 그의 곁에 있고 싶다는 답을 내놓았다.

처음 만나 사랑하고 지켜본 몽이는 나에게 완벽한 사람이 절대로 아니었다. 하지만 흠마저 예뻐 보였다. 그래서 내 대답은 늘 같았다. '그래서 사랑한다'가 아니라 '그럼에도 불구하고 사랑한다'였다.

'나는 어떤 나쁜 일이 일어난다고 해도 몽이를 사랑할 거야.'

그렇게 마음먹으니 정말 우리가 평생 행복하게 잘 살 수 있을 거라는 희망이 가슴 깊은 곳에서 뭉근하게 끓어올랐다. 혼전우울증이나 결혼에 대한 불안감도 조금씩 누그러졌다.

끝까지 함께하겠다는 생각의 기원은 사실 '연애할 때의 기억이 너무 행복해서'인지도 모르겠다. 예전에 엄마가 내게 그런 말을 한 적이 있었다.

"네 아빠가 살면서 나를 그렇게 힘들게 했고 끝끝내 안 좋게 헤어졌지만 너 가졌을 때 눈물나게 잘해줬던 기억만큼은 종종 떠올라. 그 시절 정말 행복했던 감정, 그거 하나는 평생 잊지 못할 거 같아."

어렸을 때는 그 말이 어떤 의미인지 알 수 없었다. 점차 나이를 먹고 가정을 이루고 추억을 소중히 모아가려고 하다 보니까 이제야 알 것 같다. 이혼했어도, 안 좋게 헤어졌어도, 인생의 가장 행복한 시간을 함께했던 기억. 그것만큼은 퇴색되지 않고 어딘가 마음속에 남아 있다. 그 기억 하나로 모든 불행한 시간들 속에서도 사람들은 죽지 않고 무사히 생존할 수 있는 게 아닐까.

살다가 훗날, 우리에게 불행한 일이 찾아온다면 가슴 찢어지게 아프고 슬프겠지만, 그래도 우리가 시리게 예쁘고 젊었던 날에 온몸을 다해 사랑했던 기억이 있으니 그것만으로도 후회는 없을 것이다. 아무리 현재가 고통스럽다 해도 따뜻한 기억 하나로 모든 불행을 덮고 털고 건너가리라. 서로에게 기대어 끝까지 걸어나가리라. 어쩌면 결혼을 결심하기 위해서는 '그럼에도 불구하고'라는 수식어가 꼭 필요할지도 모르겠다.

mong_nyang_cartoon

결혼 생활이 매일 꿈결처럼 달콤하고
아름답다면 좋겠지만
이 때만해도
행복하기만 할 줄...

살아보니 그렇지 못한 날이 더 많았다.
야이
웬수야!!
쿠엉엉
으앙
우당탕

죽도록 밉기도 했고
어휴
보기싫어...
왜 저런 사람을
선택 했을까?
잰 진짜 왜 저러지...
눈물 난다...
시간을 돌리고 싶다.
남 몰래 후회의 눈물을 흘리기도 했다.

(물론 나만 그런 건 아니겠지만)
하...진짜
짜증나.
맨날
욕 먹네.
예민한 고냥이랑
살기 힘들어.
그만 좀 해.

그러다 어느 날
이런 문구를 보았다.
사랑 앞에는 '그래서'가 아니라
'그래도', 그럼에도'가 붙어야
진짜 사랑이라고.
"키가 커서 돈이 많아서
예뻐서 사랑해"가
아니라
"키가 작아도
예쁘지 않아도
가진게 없어도 사랑해"
가 되는 거

예쁜 모습만 볼 수 있었다면
그건 사랑이 아니었을지도 모른다.
긴 시간, 온갖 일들을 겪어내며 만난
너의 싫고 미운 모습도
돌아보니 내 살점 같다.
자꾸 보니 귀엽넹
힛

힘들었지만... 아직도 가끔은 네가 힘들지만
이제는 너를, 우리를 버릴 수 없다.
그래도, 그럼에도 불구하고 너를 사랑하니까.

2부

같이 산다는 것은

늘려가는 재미

‘결혼’을 거창한 의식이나 시험, 관문처럼 생각하는 사람이 많다. 형식이나 절차에 얽매이다 보니 피곤하고 허들이 높게 여겨진다. 그저 ‘사랑하는 이와 따뜻한 보금자리를 꾸려 같이 살아가는 것. 둘만의 세상을 늘려가는 과정’ 정도로 생각하면 좋을 텐데. 쉽지 않다. 두 사람의 사랑에 온전히 집중하지 못하고, 가족들과의 관계에 치이고 돈과 자존심 싸움에 치이는 경우도 많다.

결혼하기로 결정하니 우리도 자연스레 ‘보금자리’에 대한 고민에 빠졌다. 어느 도시 어느 동네에 살지, 아파트가 나을지 빌라가 나을지, 둘이 합쳐 모은 돈은 얼마 있고 대출은 어느 정도까지 가능한지….

사랑이라는 게 달콤한 크림만 먹고 자라는 건 아니라서 사랑을 지켜나가기 위해서는 풀어야 할 현실적인 문제들이 많다. 부자 부모의 지원이 있다면 모를까 대한민국에서 청춘남녀가 돈 걱정 없이 원하는 보금자리를 갖는다는 것은 참 까마득하고 불가능해 보이는 일이다.

"우리가 살 집이 하늘 아래 있기는 할까?"

부동산 몇 군데만 가봐도 금세 걱정과 불안으로 침울해진다.

당시 나와 몽이는 각자 서울과 경기도에서 직장을 다니고 있었다. 양가 부모님의 지원을 받을 형편도 아니었다. 훗날 태어날 2세에 대한 고려도 있어야 하니 신중의 신중을 기해 선택해야 했다. 하지만 중대한 문제 앞에서도 우리는 스케일이 커진 소꿉놀이를 하는 아이들처럼 너무 신이 났다.

'같이 살 집'을 보러 다니는 설렘. 풍선이 부풀어 오르듯이 마음이 설렘으로 꽉 차올랐다. 나도 몽이도 처음 겪는 새로운 경험과 기쁨에 흠뻑 젖었다. 비싼 반지, 고급 웨딩, 고가의 아파트가 없어도 서로의 존재만으로 충분했다. 둘이 함께 가꿀 공간, 함께 나눌 살림들이기에 값으로 매길 수 없는 가치가 생겼다.

커플들이 신혼집을 장만하고 결혼식을 준비하면서 가장 많이 싸운다고들 한다. 서로 욕심과 자존심을 내세우면서 형식적 절차에 매달리기 시작하면 싸울 일이 한두 가지가 아니다. 예쁘고 비싼 집, 큰 냉장고와 넓은 소파…. 욕심내다보면 한도 끝도 없다.

그보다 더 가치 있는 건, 많은 사람을 만나고 온종일 세상 속에서 부대끼다 저녁이 되면 결국 우리가 돌아갈 곳, 우리가 함께 기대어 잠들 곳. 소박한 저녁을 함께 나눠 먹고 또 다시 거친 세상으로 나갈 힘을 충전하는 곳이라는 사실. 그게 바로 '우리가 같이 살 집'의 의미라는 사실에 마음을 모았다.

'아, 우리가 진짜 결혼을 하긴 하는구나.'

결혼식을 준비하는 것보다 같이 살 집을 보러 다니는 과정에서 결혼이 더 실감 났다.

내가 자취하던 사당동의 빌라부터 경기도 끝자락 아파트까지, 주말이면 대중교통을 타고 여기저기 집을 보러 다녔다. 참 가진 돈은 없었는데 마음만은 어찌 그리 순수했는지.

여기 살면 이게 좋겠다, 저게 좋겠다 상상의 나래를 펼치며 수도 없이 집을 봤다. 오래되었건 외진 언덕 위에 있건, 온통 구름으로 지어진 집들처럼 폭신하게 느껴졌다.

"어느 동네, 어느 집이든 상관없어. 어디서든 행복하게 살 수 있을 것 같아. 너랑 함께면."

믿기지 않겠지만, 그 말은 진심이었다. 우리 둘 다.

그러던 어느 날 몽이가 자신이 학창시절을 보낸 동네는 어떠냐며 경기도의 어느 낯선 곳으로 나를 데려갔다.

'뭐 아무런 연고도 없는 곳에 사는 것보다는 몽이가 살아봤던 곳이면 더 좋겠지.'

그날따라 부슬비가 추적추적 내렸다. 우리는 작은 우산 하나를 지붕삼아 한적한 공원을 걸었다. 사람도 없고 습하고 축축한 길이었다. 나무가 울창하고 풀이 많은 풍경을 바라보며 왠지 모르게 마음이 꽃처럼 피어났다.

"이 동네 좋다."

지은 지 20~30년도 훌쩍 넘은 아파트들뿐이었지만 한때 몽이가 살았었고 살기 좋았던 곳이라 하니, 괜히 나도 안정감이 느껴졌다.

"여기 천국인가 봐."

그렇게 우리는 어린 시절 몽이의 추억을 따라 경기도 외곽의 오래된 동네에 조그마한 아파트를 신혼집으로 얻어 살게 되었다.

대학 시절부터 자취했고 혼자 나와 살며 직장생활도 오래 했기에 나의 자취 경력은 거의 10년이 넘었다. 당연히 결혼하기 전부터 나 혼자 쓰던 살림살이만도 제법 많았다. 이사할 때마다 이삿짐센터 분들이 '혼자 사는 분치고는 짐이 꽤 많네요.'라고 할 정도였다.

그래도 가지고 있던 살림살이가 대부분 1인용이었다. 작고 오래된 것들이기도 했다. 몽이와 나의 새로운 삶을 위해 새로운 살림을 장만해야 했다.

세탁기, 냉장고, 에어컨, 식탁….

조그마한 1인용만 쓰다가 둘이 쓸 것, 어쩌면 셋 이상이 쓸 것들을 사려니 기분이 이상했다.

"이거 사면 되는 건가?"

"용량은 큰 게 좋대. 이런 기능은 없는 게 좋대."

주변 커플들의 조언도 아낌없이 참고했다. 회사에서 같이 일하던 책임님이 '수경 씨, 식기세척기랑 빨래건조기는 꼭 사야 해.'라고 조언해주셔서 빼놓지 않고 구매했다(당시엔 건조기 쓰는 사람이 그리 많지 않았는데 정말 최고의 조언이었다). 평생 가장 많은 돈을 써본 시기였다. 카드값 결제가 한도를 초과할 수도 있음을 목격했다. 합법적으로 과한 소비가 용인되었던 신혼의 날들, 궁색한 자취 살림들이 핑크빛 신혼살림으로 업그레이드되던 화사한 날들이었다.

차가 없어 푹푹 찌는 더운 날씨에 버스를 타고 다니며 물건들을 사다 날랐다. 옷이 땀으로 흠뻑 젖어도 새 가구와 새 침구들을 부지런히 보러 다녔다. 내 취향껏 벽지를 고르고, 내 취향껏 가구를 배치했다.

작은 소품 하나에도 취향을 담아 표현하다 보면 나의 정서가 존중받는 느낌이 든다. 비싼 돈을 들이지 않아도 내 눈에 만족스러운 컬러와 디자인을 가진 시계 하나, 꽃병 하나를 내 공간에 들이는 것만으로도 만족감과 자존감이 높아졌다.

혼자 살면서는 뭐든 대충이었다. 마음속에 분명 취향이 있었을 테지만, 스스로 그것들을 돌보지 않았다. 내가 나를 방치하고 외면하고 무시했던 것 같다. 내 자존감을 가장 짓밟는 건 언제나 나 자신이었다.

에어컨 빵빵한 가구매장에서 몽이와 같이 침대에 누워보기도 하고 화장대에 앉아보기도 했다. 세트장에서 연기하는 로멘틱 코메디 영화의 주인공 같았다.

'이 침대면 허리 아프지 않게 잘 잘 수 있을 거 같아.'

'집이 작으니까 소파는 이 정도면 충분할 것 같아.'

'이건 우리 집에 어울리겠어.'

'우리 나중에 재벌 되면 이런 가구 꼭 사자.'

다 살 것도 아니면서 이것저것 둘러보며 우리는 실컷 상상 놀이에 빠졌다.

내가 살던 원룸의 보증금을 빼야 했기에 결혼식 한참 전부터 미리 신혼집에 입주했다. 몽이와 나의 첫 보금자리에 하나둘 가구와 가전이 채워졌다. 물건을 고르고 정리하고 살림의 구색을 갖춰가는 건 꽤 성가신 중노동이기도 하다. 짜증나고 힘들기도 하고 몹시 번잡스럽다. 그러나 삶에서 다시 없을 순간이기에 그 시간을 충분히 만끽했다. 신혼부부니까 당당히 누릴 수 있는 권리 아니겠는가.

몽이와 나의 침실에는 우리의 커플 사진을 걸었다. 우리는 매년 결혼기념일마다 커플 사진을 찍기로 했고, 어느새 여섯 번째 사진을 찍었다. 매년 조금씩 표정과 의상과 헤어스타일이 달라지지만, 우리가 서로를 사랑하는 마음은 아직까지 다행히 변함없는 것 같다. 조금씩 살림을 늘려가는 재미도 크지만 그보다 더 꿀잼은 서로에게 익숙해지며 조금씩 더 닮아가는 것일지도 모르겠다고, 몽이의 다리를 베고 누워 뒹굴며 생각해본다.

mong_nyang_cartoon

매해 결혼기념일마다
쿵쿵
1주년
'결혼기념일' 사진 촬영을 하기로 한 몽이와 나.

나중에 시간이 흘러 흘러 모아 놓으면
이때 냥이 예뻤다.
오, 정말.
함께 늙어가는 과정이 보여 재밌을 거 같아
빠지지 않고 착실히 찍고 있다.

훗날 이런 사진도 찍히겠지?

이런 사진도...
이런 것도...?
골골
헬헬

이런 것...도...
...응...?

아...
안돼...!
폭풍
눈물
우리 오래오래 살아서 많이 찍자...ㅠ
네...
냥이...
유유
유유

그리고 이번에 올해분 촬영을 했는데...
원본 확인 중
......
......

뭐지...
굳이 몇십 년 치 안 놓고 봐도
1~2년 사이에 바로 세월이 눈에 보여버리네...?
NO
생기
왕
후덕

하나였다 둘이 되고(몸에 딱풀을 바른 걸까?)

혼자였을 때는 하루가 너무 길었다. 여가 시간이 생겨도 뭘 할지 몰라 멍해지곤 했다. 게으른 시간을 보냈고, 무책임하게 시간을 흘려보내도 거리낌이 없었다.

집에 돌아가도 반기는 이 하나 없는 적막함. 내 방 큼지막한 벽이 너무 공허하고 싫어, 흰 벽 가득 사진작가 라이언 맥긴리의 포스터를 붙여놓기도 했다. 날마다 벽에 걸린 포스터 속 인물(젊음을 상징한다는 벌거벗은 여인)을 마주하다 보니 그마저도 싫증나고, 그녀마저 처량하게 느껴져 이내 치워버리기도 했다.

하루 유동인구 16만 명이 넘는 역세권의 자그마한 원룸. 현관문을 닫고 원룸에 발을 디디는 순간 나는 세상과 철저히 단절되었다. 긴 긴 밤의 심심함과 지루함을 달랠 길이 없어, 편의점에서 사 온 주전부리 안주에 자주 혼술을 마시곤 했다. 고립을 어쩌지 못해 하염없이 창밖을 바라보며 밤을 지새운 날도 많았다.

창밖에는 시끌시끌 취객들의 고성과 지나는 사람들의 웅성거림, 노란 가로등 불빛과 화려한 네온사인이 뒤섞여 있었다. 도시의 밤은 잠들지 못한 채 밤새도록 파도처럼 일렁거렸고, 나는 자주 혼자였다. 얇은 유리창 하나 겨우 나 있는 상자 속에 갇힌 것만 같았다. 차가운 형광등 등불 아래 홀로 미동도 없이, 아무런 소리도 없이 시간이 멈춘 듯 오래 앉아 있을 뿐이었다. 아무것도 할 게 없었다.

무서움, 쓸쓸함, 심심함, 무료함. 온갖 단어들을 반죽해서 집안 곳곳에 덕지덕지 붙여놓은 것 같은 기분.

하루의 끝에는 언제나 조금 취한 채였고, 혼자 아무렇게나 침대에 몸을 뉘었다. 해일처럼 밀려오는 외로움에 몸서리치는 것 말고는 지루한 시간을 보낼 다른 방법을 알지 못했다.

결혼하고 나니 요즘은 참 하루가 짧다. 특히 몽이와 함께하는 시간은 너무 짧아서 매일 아쉬울 정도.

틈만 나면 우리는 서로 엉덩이를 붙이고 침대와 소파에서 뒹군다. 좋아하는 책을 보거나 SNS를 하며 재밌는 이야기, 귀여운 동물 사진 같은 것들을 공유하며 논다. 꽁냥꽁냥 부비적거리다 보면 몇 시간이 순삭, 그냥 사라진다.

"집에 있으면 시간이 왜 이렇게 빨리 가는지 모르겠어."

할 일이 많아 각자의 방에서 키보드를 두드리고 그림을 그리다가도 짬을 내 서로의 방에 찾아가 뒤쪽에 눕거나 옆에 앉아서 하는 일을 구경하기도 한다.

"일 언제 끝나?"

같이 놀자고 조르며 훼방놓다가 할 일이 끝나면 함께 글을 읽고 맥주를 마시며 미뤄두었던 수다를 떨기도 한다.

서로의 몸에 딱풀을 바른 것처럼 딱 달라붙어 있으면 영양가 높은 수프를 배불리 먹은 듯 에너지가 채워진다. 한참 몽이의 머리를 쓰다듬거나 볼을 앙 물어보기도 하고 어깨에 팔을 둘러 매달리다가 그 몸에서 떨어져 나오면, 고된 작업 시간도 조금은 달큰하게 느껴진다.

저녁엔 맛있는 음식을 한상 차려놓고 나란히 앉아 손을 잡고 와인을 마신다.

따뜻한 불빛을 좋아하는 몽이는 항상 향초를 켜거나 스탠드를 켠다. 크리스마스 트리의 전구등도 꼭 켜둔다. 우리집은 날마다 메리몽 크리스마스다.

다른 누구의 방해도 없이 어떤 산만함도 없이 최선을 다해 서로를 바라보면서 서로의 말에 귀 기울인다. 젊은 부부로서, 대체로 미래의 삶에 대한 계획들에 대해 많은 이야기를 나눈다. 앞으로의 꿈과 계획에 대한 이야기는 언제 말해도 늘 가슴 뜨겁고 설렌다.

나만 동그랗게 오려내어 구석진 곳에 방치해놓은 것 같던 때. 내 방만 빼고 창밖의 모든 우주는 행복의 온상 같기만 했던 때. 그런 때가 있었으나, 이제는 달라졌다. 이 세상 모두가 어둠 속에 잠겼을 때도 몽이가 켜둔 따뜻한 향초 불빛 하나가 이제 내 집 거실을 꽉 채우고 있다.

예전엔 혼자 외로워서 술을 마셨다면 지금은 함께여서, 풍족함과 행복함에 젖어 몽이와 술을 마신다. 와인을 몇 잔 비우다 보면 어느새 자야 할 시간이 다가온다. 몽이는 내가 눕기 전에 미리 전기장판을 켜둔다. 후끈하게 데워진 이불 속으로 함께 들어가 누으면 에어프라이어에 구운 마시멜로처럼 온몸이 노곤해진다. 하루의 고됨과 근심이 연기처럼 날아가버린다.

쉽게 잠들지 못하고 뒤척이던 습관도 줄었다. 이제 외롭다거나 힘들다거나 하는 우울한 생각은 전혀 나지 않는다.

결혼했고, 나이도 먹고, 사는 곳이 달라졌다지만 나는 여전히 나인데 뭐가 이렇게도 달라진 건지. 생각해보면 철저히 나 홀로 살던 세상이 둘로 합쳐지면서 세상의 온도가 달라졌다.

1 곱하기 2는 2가 아니라 10이나 100이 된 것만 같다. 8평 남짓하던 작은 원룸의 벽은 그토록 막막하고 휑했는데…. 지금은 그보다 몇 배 큰 아파트에 살고 있건만 더 이상 벽 따위가 두려움으로 내 마음을 옥죄지 않는다. 이제 시리고 찬 온도로 나를 얼어붙게 하지 않는다. 내가 살던 세계에 몽이 하나 왔을 뿐인데 온 우주의 온도가 바뀌었다.

같이 산다는 것

서로 다른 곳, 다른 부모에게서 태어나 십수 년을 모르는 사람으로 살아온 몽이와 나.

"다른 사람들은 결혼하면 사소한 걸로 많이 싸운대. 뭐 치약을 어디서부터 짜는지나 양말을 뒤집어서 벗는 거 같은 걸로 말야."

"그렇겠지? 살아온 환경이 너무 다르니까."

몽이와 나도 그럴까 봐, 건조한 일상을 끝없이 반복하다 결국에는 서로 생채기를 내어 목석같은 사이가 되어버릴까 봐 걱정이 많았더랬다. 하지만 살아보니 치약 짜기나 뒤집어진 양말 따위는 그리 큰일이 아니었다. 물론 우리도 살림 때문에 서로 잔소리를 하거나 이런저런 다툼들이 있다. 하지만 금방 요령이 생겼다. 작은 일을 크게 확대해 정색하고 화를 내거나 싸움을 만드는 것은 절대 금물. 작은 일은 작고 가볍게 넘어가는 게 좋다.

“양말 또 뒤집어 넣었지! 몽이 온도니(엉덩이) 맞아야겠어. 온도니 대.”

“힝… 힝…(온도니를 갖다대는 몽이).”

“찰싹찰싹!”

화나는 일도 가급적 귀엽게 ‘온도니’를 몇 대 찰싹이고 나면 조금은 누그러든다.

같이 산다는 건 조그만 조약돌 같은 것.

조약돌이 굴러굴러 모래가 되어 작은 해변이 되는 것.

같이 산다는 건

출근을 위해 먼저 일어난 몽이가 나를 깨우지 않기 위해 조심히 일어나서는 이불 밖으로 삐져나온 내 발 위에 가만히 이불을 덮어주는 것.

아침엔 과일을 챙겨 먹어야 한다며 토마토주스나 사과당근주스를 만들어 텀블러에 넣어두는 것.

나가기 전 머리를 한번 쓰다듬고 뽀뽀하고 “안녕~” 인사하고 나가는 것.

그런 몽이가 언제나 내 곁에 있어주는 것.

같이 산다는 것

같이 산다는 건...
......
SHOE DOG
슈독
찡
아얏

급 간지러
냥이!
나 등 좀
긁어줘!!
아니, 아래.
오른쪽, 더 더.
여기?
여기?
벅벅
벅벅
여기??
응!!!
거기!!!

와~ 시원하당~
ㅋㅋ
고마워
냥이!
ㅋㅋ
손이 닿지 않는 곳을 긁어주고
어딧지?
어딧지?
어딧지...
드륵

냥이
뭐 찾아?
내 안경.
아까부터
안 보여.
고냥이 안경
세면대에 있던데~
헤에
뭔가 잃어버려도 덕분에
쉽게 찾을 수 있게 되고
앗
맞당!

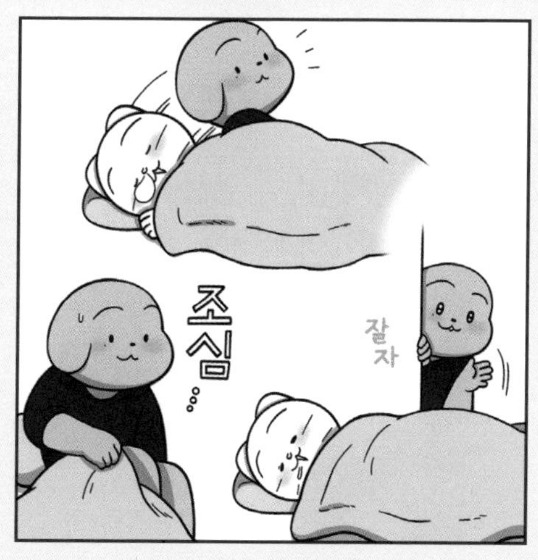
조심
잘자

꾸벅
꾸벅
......
보이지 않아도
서로를 보듬어 주는 것.

때로는 박터지게 싸우고
내가 하지
말랬잖아!!
냥이가
언제!!!
등을 돌려도
흥
짜증나
펭!
미워!

엇...이거 봐,
몽이.
뭔뎅...?
갸웃
악ㅋㅋ
이게 모양ㅋ
ㅋㅋ
진짜 웃겨
이거도
봐
말 한마디에 그냥 자연스레
화해하게 되는 거.

몽이 밥 다됐어.
넹, 샐러드 해야겠당.
틱
룰루 랄라
복작 복작
마니 먹어~
넹!

후르릅
얌냠
따뜻한 음식을 나눠먹으며 하루하루 살아가는 것.
캬
쥑이네~

종일 사람들을 만나고
여기저기 여러곳을 다녀도

그 끝에는 결국
삑 삑
삑 삑
내가 있는 곳으로 돌아온다는 것.
냥이!
몽이 왔쪄?
촵촵

왜 이렇게 달라?

연애할 때 우리는 영화 취향도, 음식 취향도, 음악 취향도 너무 닮은 점이 많았다.

'우리 진짜 진짜 비슷한 거 같아.'

사랑에 빠지면 논리적이고 객관적인 뇌가 마비되는 건지! 우습게도, 연애할 때는 우리가 정~말 비슷하다고 생각했다. 서로를 소울메이트라 생각했으니. 그땐 하나부터 열까지 나와 똑닮은, 완벽한 사람이 있다는 게 신기했다. 몽이는 신께서 보내준 완벽한 내 반쪽, 선물, 영혼의 쌍둥이…. 뭐 이쯤 되는 줄 알았다.

풋! 지금은 글쎄. 막상 결혼하고 살아 보니 우리는 너무 다른 사람들이었다.

"냥이랑 나랑 진짜 다른 거 같아."

"아, 몽이 나랑 완전 달라!!!"

결혼하고 나선 정반대로 이런 말들을 많이 했다. 다르다고 해서 한쪽이 잘못 되었다거나 그로 인해 애정이 떨어졌다거나 그런 건 아니었지만 뭐랄까? 좋아했던 아이돌이 알고 보니 실제로는 영 딴 사람이라든가, 나의 프린스였던 그를 우연히 골목에서 마주쳤는데 더럽게 코딱지를 파다 눈이 마주친 기분…?

하여튼 같이 살아 보니 실상은 상상과 다른 면이 많았다.

일단 식성.

둘 다 감자탕이나 순대국밥을 좋아해 식성이 비슷한 줄 알았다. 그러나 천만에! 나는 생선류를 좋아하고 기름에 튀긴 건 영 싫어한다. 햄버거나 치킨처럼 느끼한 음식은 패쓰(전국의 치느님 신도들의 아우성이 들린다). 회, 육회, 찜, 탕 등 다소 아저씨스러운 입맛을 지녔다.

반면 몽이는 닭고기, 돼지고기를 워낙 좋아하고 돈까스, 치킨 등 기름에 튀기고 구운 고기들을 좋아한다. 매운 것도 못 먹고. 일명 초딩 입맛, 딱 초등학생 반찬 같은 것들을 좋아한다.

배달음식이나 외식으로 저녁을 때우는 날이면 몇 시간씩 수많은 논쟁이 오간다.

"나는 치킨 싫어, 회 먹고 싶어!"

"회 얼마 전에 먹었잖아, 나는 회가 싫어! 회 먹으면 배가 부르지 않잖니?"

치킨이냐 회냐 언성을 높여 싸운 적도 있다.

옷 입는 스타일도 너무 다르다. 나는 편하고 캐주얼한 옷을 좋아하는데 몽이는 차려입는 걸 워낙 좋아해 얼마 전까지도 얼.죽.코 (얼어 죽어도 코트)였다.

나는 타인의 시선에 그다지 신경을 쓰지 않는다.

"누가 날 쳐다본다고?"

남의 시선보다 내가 편하고 좋은 게 더 중요하다. 옷은 계절에 맞게, TPO(Time Place Occasion, 때와 장소와 상황)에 맞게 입으면 아무 상관없다고 생각하는데 몽이는 남에게 멋지게 보이고, 예쁘게 보이는 게 매우 중요한 사람이다.

유머 코드도 은근 다르다. 몽이가 재밌다고 보여준 것들 보면 나는 진짜 재미가 없다…. 나는 너무 웃겨서 몽이 퇴근하면 보여주려 저장까지 해두었던 유머 글에 몽이가 별로 웃지 않아 머쓱하게 지나간 적도 많다.

비슷한 줄 알았던 음악 취향도, 솎아내면 솎아낼수록 다르다. 몽이가 듣는 발라드는 지긋지긋하다. 왜 이렇게 질질 짜는 노래를 좋아하는지. 음악 듣는 볼륨 높이도 달라 그걸로도 가끔 다툰다. 먹는 속도마저 천지차이라, 세상에서 제일 느리게 먹는 여자와 세상에서 제일 빠르게 먹는 남자이기도 하다. 어떤 문제를 보고 해석하는 입장도 다르고 시선도 다르다.

'우리가 이렇게 달랐나…?'

서로 깜짝 놀란 적도 많다.

근데 정말 이상한 건, 그렇게 다른 사람들임에도 불구하고 세월이 흐를수록 얼굴이 조금씩 닮아간다는 거다. 언젠가부터 주위 사람들로부터 오누이처럼 닮았다는 말도 자주 듣는다.

"응? 그럴 리가!"

처음엔 서로 강력히 부인했으나, 가끔은 우리가 봐도 서로 닮아가는 것 같다. 같은 음식을 먹고, 같은 침대에서 자고, 같이 일어나 걸으면서 마음처럼 몸도 서로에게 녹아들고 스며든 걸까? 앞으로 몇십 년을 더 같이 살면 몽이와 내가 쌍둥이가 되는 건 아닐까?

뿌리가 다른 나무지만 가지가 서로 붙어있다가 결국 하나가 되어가는 연리지. 연리지처럼 우리도 숨을 나누고 결을 나누다 언젠가는 꼭 닮은 하나의 나무가 될지도.

연애할 땐
몽이...
나랑 너무 비슷해.
감자탕 먹을래?
좋아!
식성도

라라라~ 라~
음악 취향도
이거 어때?
예쁘다!
영화 취향도
물건보는 눈도

외모도
성격도...
우린 모든 게 비슷하다고 생각했는데...
사랑해
우린 소울메이트!

지금 생각해 보니
달
라.
완전...
너무 달라...
식성도
티격 태격
치킨 먹은 지 오래됐잖아!!
치킨 먹쟈!!
맨날 지 먹고 싶은 거만 먹고!!
어젠 회 먹자며!!

음악 취향도
왜 저런
노랠 좋아하지...?
구려...
영화 취향도
캭
재밌다며
이게 모양?
난
재밌는뎅??
물건 보는 눈도
30번째 회색티
으... 지겨워...

외모도
징
징
찡
찡
헤
성격도...
서로 진짜 다른 거 같다.
크크
소울메이트는
무슨...
그래도 져아!

말 수 없는 고양이와 애교 많은 강아지

만화를 그리며 내 캐릭터가 냥이(고양이)가 되고 몽이가 몽이(강아지)가 된 데에는 다 이유가 있다.

고양이는 모두가 알다시피 손타는 걸 싫어하고 주인을 인지는 하지만 스스로 내킬 때만 다가간다. 드물게 애교를 부리다가 조금만 거슬리거나 마음에 들지 않으면 솜방망이 같은 발뭉치 사이로 발톱을 꺼내 냥냥 펀치를 갈기곤 한다.

소란스러운 바깥보다는 집 안에 있는 것이 안정적이며 당최 큰소리 내는 법 없이 조용하고 우아한 동물이 바로 고양이다(물론 안 그런 고양이들도 있으니 자꾸 따지지는 말자).

반면 강아지는 커다란 눈망울을 반짝이며 꼬리를 헬리콥터처럼 사정없이 흔든다.

쉴 새 없이 사랑을 바라며 주인을 세상의 전부로 여긴다. 끊임없이 부비부비하고 애교가 무한정 많다. 집 안에만 가둬두기보다 너른 들판에서 뛰놀며 산책을 시켜줘야 행복하고 건강하다. 좋아도 짖고 싫어도 짖는다. 으르렁대는 소리는 조금 소란스럽지만 이모저모 사랑둥이다.

우리 둘이 딱 그렇다. 고양이처럼 조용한 나와 강아지처럼 애교 많은 몽이. 다른 사람들은 남자가 과묵해서 고민이라던데…. 나는 여성임에도 과묵한 스타일이고 몽이는 남자지만 말수가 많은 편이다(이건 어쩌면 내 앞에서만 그런 것 같기도 하다).

둘이 함께 산책을 하면, 나는 아무 말 없이 바닥만 보고 걷는데 몽이는 노래를 부르거나 요즘 유행이라는 중독성 쩌는 CM송을 따라하고, 영화 속 한 장면을 성대 모사하는 등 쉴 새 없이 재잘거린다.

'아, 시끄러워!'

가끔은 저 조그만 죠댕이(주둥이)가 물에 퐁당 빠져도 동동 뜨겠다는 상상을 하곤 한다. 하도 앵무새같이 시끄럽게 굴어 내가 몽무새라고 부르기도 한다.

그래도 그렇게 열심히 떠들고 있는 몽이를 보면, 참 썰렁하고 침묵만 가득했던 차가운 내 여백을 이 사람이 한가득 채워주고 있구나 싶다.

살면서 겪는 크고 작은 일들에도 나는 여간해서 리액션이 없는 편이다. '아… 그래?' 나 '오….' 이 정도가 나의 최선이다.

반응이 없다는 것. 늘 타인에 비해 공감 능력이 떨어진다는 핀잔을 달고 살았지만, 전혀 나쁘다거나 이상하다는 생각을 안 해보고 살았다. 나의 무뚝뚝한 태도가 누군가에게 무안을 주거나 상처가 될 수 있다는 것도 모른 채 살았다.

'반응이 안 나오는 걸 어떡하지…?'

남의 말을 듣고 반응하는 것도, 칭찬하는 것도, 따뜻하게 들어주는 것도 참 건조하고 무딘 나였다.

하지만 몽이와 살면서 그의 풍부한 감정 표현을 배우는 중이다. 그가 '너어어~~무' 호들갑 대장, 칭찬 대마왕 강아지라 예민 까칠 고양이인 나도 움찔한다. 내가 반응이 없으면 몽이는 금세 쪼그라들면서 "힝구… 냥이는 나 좀 좋아해주지."라고 말한다. 서운한 마음을 그냥 제쳐두고 넘어가는 게 아니라 말로 표현한다. 몽이가 자신의 감정을 정확히 드러내지 않았더라면 몽이의 마음을 미처 몰랐을 수도 있다. 화내지 않고 부드럽게 자신이 바라는 바를 말해준 덕분에 감정 표현이 많은 몽이의 마음을 이해할 수 있다.

'아, 내가 너무 무뚝뚝해서 사람들이 좀 민망하고 어색했겠다….'

사람들과 살아간다는 건 '공감'이나 '교감'인데…. 말 수 없는 고양이가 애교 많은 강아지와 살면서 강아지의 언어를 배우는 중이다.

부정적이고 다소 어두웠던 들고양이가 서서히 집고양이로 적응해가고 있다.

나 건드리기만 해봐라, 잔뜩 날을 세우고 벼르던 고양이가 긴장감을 살짝 누그러뜨리고 편안하게 경계심을 풀고 있다. 털이 윤기나기 시작하고 살도 통통하게 오르는 집고양이처럼 나도 몽이 덕분에 반질반질 마음에 윤이 나고 있다. 더 많이 웃고, 좋다 좋다 돌고래 소리를 내며 더 많이 박수를 친다. 개와 고양이의 동거생활은 꽁냥꽁냥 몽냥몽냥 서로의 언어를 배우며 오늘도 진행 중이다.

mong_nyang_cartoon

할짝할짝
찹찹
우웅...
몽이...
웅...
냥이,
잘 잤어?

나와서
아침 먹어.
내가
차려놨엉.
헷
자.
여기,
물도 마시궁.

너저분
놈
몽이는?
난 아까
냥이 잘 때
먹었어.

히
힛
고마워, 몽이.
잘 먹었어.
도도도독
캬

슥슥
챡
챡
뿅!
그럼 냥이,
밥 먹었으니까
우리 산책가자.
윽

응?
귀찮은데...
안 갈래...
힌
가자, 냥이...
냥이이...
낑
끼잉
낑
웅?
웅?
가자,
산책...

끼잉
낑
낑
산책...
낑
산책...
어휴,
알았어!!!
가자, 가!!!
으
추워
힝♡

한 시간 경과
지침
헥 헥 헥 헥
몽이, 어디까지
가야 돼...?
넘 멀리 왔는데.
저기까지만 가자,
저기까지만.

두 시간 경과
헥 헥 헥 헥
헉
으앙
쥬금
냥이?

꽃이 좋아

꽃을 좋아하는 엄마 밑에서 자랐지만 어린 시절 우리 집에서는 꽃을 보기 힘들었다. 꽃이 피지 않는 초록 화분만 몇 개 있었을 뿐이었다. 살기도 팍팍한 형편이었기 때문에 특별한 날에도 탐스러운 꽃을 주고받은 기억이 별로 없다. 아니, 돈을 떠나 어쩌면 화목함의 부재가 만든 건조함이었을 수도 있겠다. 가족끼리 사이가 안 좋으면 다정하게 꽃 한 송이 건네는 마음 씀씀이도 어려운 일이 되고 만다. 꽃이 꽂혀 있는 따뜻한 식탁 풍경은 내겐 참 낯선 일이었다.

꽃이란 입학식이나 졸업식에서나 받는 것, 구부정한 할머니가 술집 테이블마다 돌며 꽃과 껌을 파는 게 안쓰러워 내가 내 돈 5천 원 주고 사는 장미 한두 송이 같은 거였다(그마저도 술 취해 깔고 앉거나 잃어버리기 일쑤). 씹지 않고 버리는 껌과 다를 바 없는.

어릴 땐 꽃이란 게 예쁜지도 잘 몰랐다. 젊은 연인들이 연애 초에나 상대방의 환심을 사려고 쓸데없이 사다 바치는 돈 아까운 사치품. 딱 그 정도였다.

'어차피 시들면 썩어버리는걸! 사람들은 왜 저런 걸 사나 몰라.'

요즘이야 잡지를 정기구독하듯이 꽃을 정기배송 하는 사람들도 많다지만, 몽이를 만나기 전까지 내 일상에는 꽃이 없었다. 꽃을 사거나 받아본 일이 없었다. 그 시절의 나는 그냥 무미건조한 무채색의 삶을 살았던 걸까? 그러나 그 사실조차 스스로 눈치채지 못한 채 무덤덤히 지냈다.

그런데 참 이상했다. 옛날 어른들이 나이 들면 꽃이 좋아진다고 하더니, 해가 갈수록 슬슬 꽃이 예뻐보였다. 누가 알려준 것도 아닌데 어렴풋이 '아, 저런 걸 받으면 기분이 정말 좋을 거 같다'는 느낌도 들었다.

곱게 다듬어진 형형색색의 부드럽고 촉촉한 꽃잎과 이파리들. 흔들릴 때마다 흩뿌려지는 꽃내음, 바스락거리는 비닐 포장지에 빳빳하고 정갈하게 묶인 리본. 그 아름다운 것을 한다발 들고 걸어가는 이의 설렘 가득한 얼굴까지 예뻐 보이게 만드는 꽃. 표정을 달라지게 하는 꽃.

TV에서 누군가가 말했다. '꽃은 식물이 온힘을 다해야 피워내는 것, 너의 수고와 고통을 다 내가 알고 있다'는 의미라고. 꽃은 얼핏 참 쓸데없는 선물처럼 보일 수 있지만, 아니다. 눈에 보이지 않는 마음까지 어루만져 줄 특별한 선물이다. 지나가다 꽃다발을 한 아름 안고 가는 누군가를 보기만 해도 눈길이 한번 더 갔다. '꽃을 안고 가는 저 사람은 참 행복하겠다.' 내가 다 흐뭇해지곤 했더랬다.

몽이와 연애를 시작한 뒤에도 꽃은 그저 그림의 떡이었다. 절약 정신이 투

철한 몽이는 꽃 선물은 돈 아깝다고 했다(실제로 그때 돈도 없었음). 그런 몽이에게 '나 꽃 선물 받고 싶어.'라고 얘기하면 부담스러울까 싶어 참고 있었다. 언젠간 알아서 해주겠지 하는 마음에. 그러다 어느 날 꽃 들고 지나가는 사람을 보며 에둘러 '꽃 선물 좋을 거 같다.'라고 흘려 말했다. 몽이는 내 말을 들은 건지 못 들은 건지 아리송한 표정을 지었다. 내 말에 동의한 건지 아닌 건지도 모호했다. 나도 무안함에 꽃 이야기는 대충 얼버무리고 말았다.

그런데 며칠 후 퇴근하고 돌아온 내게 몽이가 작은 꽃다발을 안겨주었다. 아무 날도 아닌데, 아무 기념일도 생일도 심지어 주말도 아닌데. 내가 놀라서 물었다.

"아무 날도 아닌데 왜 꽃을 샀어?"
"그냥. 냥이가 꽃 좋다며."

몽이는 무심하게 대답하며 웃었다.

내가 지나가면서 한 사소한 말을 기억하고 있다가 꽃을 사온 몽이. 평생 꽃 사는 데 돈을 써본 적 없었을 몽이. 실속 없는 꽃 선물은 돈 아깝다고 생각했던 몽이. 그런데도 내가 좋아한다니까, 나를 기쁘게 해주고 싶어서 꽃을 사온 몽이. 몽이의 마음이 고마웠다.

처음 있는 일이라 집에는 변변한 화병도 하나 없었다. 냄비에 물을 받아 꽃다발을 담가놓고 식탁 겸 테이블 중앙에 올려두었다. 그리고는 한참 동안 꽃을 바라봤다. 둔하고 때론 멍충미까지 겸비한 몽이가 나를 이토록 생각해주는 것을 보면 새삼 감격스럽다. 꽃이 주는 위로는 아마도 이런 것. 큰 쓸모가 없는 듯 해도, 그 아름다움 자체가 꽃의 쓸모이므로 누군가를 위해 온전히 아름다움을 헌사하는 일. 그 마음이 주는 감격.

그 후로도 몽이는 종종 꽃을 사다주었다. 무슨 날일 때도 있었지만 대부분은 아무 날도 아닌 보통 날에. 지나가다 예뻐서, 오늘따라 꽃이 싸길래, 그냥 냥이 생각이 나서. 그리곤 꽃 사는 거 돈 아깝다던 사람이 이젠 나처럼 '집에 꽃 있으니까 너무 좋다'하며 킁가킁가 꽃 냄새를 맡는다.

내 생각에 취해 나처럼 말하고 내 생각과 닮아가는 몽. 그런 몽이를 보면 내게는 몽이가 꽃인 것 같다.

mong_nyang_cartoon

연애를 막 시작했을 무렵,

몽이가 물었다.
꽃 선물하는 거 돈 낭비 같지 않아?
어차피 다 썩어서 버리는데…

나는 그냥 흘려 대답했다.
왜~ 예쁘잖아. 향기롭고!
기분 좋게 만드는 선물인 거 같은뎅.
난 졸업식때만 받아서 그런지 받아보고 싶어.

몽이는 그때 그 말을 잊지 않고
그렇구나...
냥이는 꽃을
좋아하는구나

특별한 날이 아닐 때도 꽃 선물을 자주 해주었다.
냥이~
지나가다
냥이 생각나서 샀오!
예쁘지?

결혼한 지 꽤 시간이 지난
지금까지도...
냥이♥
또또?

주부가 돼서인지
요즘은 거꾸로 내가 꽃에 돈 쓰는 게
아깝다는 생각을 했다.
오휴, 이 정도면
꽤 줬겠는데?
요즘 꽃값
장난 아닌데.
궁시렁
궁시렁
이제 이런거
사오지마!
돈 아까워.

왜~냥이!
예쁘잖아.
향기롭고!
와락
기분
좋지 않아용?

이제는 몽이가
나처럼 말하고
나처럼 생각한다.
냄새 좋당~
킁킁
......

그 마음이 꽃같이 예쁘다.
시큰
그...그래도
사오지마...
냥이?

힘들 때 내가 네 옆에 있을게

결혼하고 일 년도 지나지 않아, 몽이 아버지가 갑자기 쓰러지셨다. 이미 여러 지병이 있으셨고 병원에 다니시던 중이라 전혀 예상치 못했던 일은 아니었다. 하지만 아무리 염두에 두고 있었다고 해도 가족의 병환은 늘 급작스런 슬픔과 충격을 준다. 나는 며느리이긴 했으나, 결혼한 지 얼마 되지도 않았고 아버님을 오래 뵙지도 않았던 때라, 아버님의 간호보다는 몽이와 시누이들의 안위를 살피는 데 더 마음을 썼다.

우는 시누이들을 다독이고 장남으로서 힘들 몽이를 챙겼다. 밤새 병원에 대기해야 하는 몽이 곁에 쭈그리고 누워 함께 있어주기도 했다. 슬픔으로 꽉 찬 그의 마음을 헤아리고 돌보는 것. 그게 나에게 주어진 역할이었다.

쓰러지신 후 조금 호전되는 듯했던 아버님은 얼마 못 가 상태가 급격히 안 좋아지셨고, 결국 12월 마지막 날을 넘기시지 못하고 새벽에 그만 돌아가시고 말았다.

아버지를 잃은 몽이와 시누이들은 당연히 패닉 상태가 되었다. 모두 경황이 없어 비교적 차분할 수 있는 내가 그들 곁에 있었다.

갑작스레 사랑하는 가족을 잃은 허망함과 상실감은 내가 막연하게 짐작하던 것보다 훨씬 깊고 진한 아픔이었다. 가족과 이별하는 과정은 씁쓸하게도 드라마나 영화에서 보아왔던 것과는 조금 달랐다. 시간이 충분치가 않았달까. 천천히 인사를 건낼 시간도 없이 굉장히 짧았다. 순식간에 지나가버려 허무할 정도였다. 몽이도 몽이지만, 결혼을 앞둔 둘째 시누이나 아직 20대였던 막내의 모습이 특히 안타까웠다.

장례는 짜인 틀에 맞춰 빠르게 진행되었다. 병원 장례식장 측에서는 수의나 관, 음식에 대한 일정표와 견적표를 보여주었다. 슬픔과는 별개로 당장 현실적인 결정들을 내려야 했다. 망자에 대한 예의와 차가운 돈 문제 사이에서 몹시 당혹스러운 전개가 이어졌다.

'아… 죽음도 절차고 돈이구나. 돈이 없으면 이런 건 다 어떻게 하나.'

태어나 처음으로 겪어본 일은 몹시도 차갑고 낯설었지만 가슴 밑바닥에서부터 어른스러운 다짐을 끌어올렸다. 내가 잘 도와야 우리 가족이 힘들지 않겠다 하는. 그래서 장례 물품이나 아버님을 편안히 모시는 과정에서 필요한 여러 판단을 몽이나 시동생을 대신해 내가 결정하고 도왔다. 우리는 함께 아버님의 장례를 모시고 그 밖에 이러저러한 일들을 치르면서 아픈 일주일을 보냈다.

몽이도 힘들고 동생들도 힘들었지만, 서로가 서로에게 힘이 되어주어 고통을 덜 수 있었다. 장례가 마무리되자, 육체적으로도 무리했었는지 몽이는 허리 디스크가 악화되어 병원에 실려가기까지 했다. 이 과정을 지나며 나는 비로소 몽이의 애인이 아니라 진정 아내이자 가족이 된 것 같았다. 맛집을 다니고 여행을 하며 세상 좋은 것만 함께 나누는 사이가 아니라 생활비, 가족 대소사, 육아 등 책임이 따르고 고통스러운 일까지도 함께 겪는 사이가 된 것이다, 비로소. 애인과 부부의 관계라는 게 깊이가 완전히 다를 수밖에 없구나 배워갔다.

나는, 젊고 건강하고 자신감 넘치고 돈 잘 벌어오는 몽이만 사랑하는 게 아니야.

네가 힘들 때 내가 너의 옆에 있을게. 네가 인생에서 가장 고통스러운 상황을 마주하더라도 그 순간에 내가 너의 손을 잡아줄게. 불행으로부터 도망치지 않고 기꺼이 함께 비를 맞아줄게. 어른들의 사랑은 그런 거니까.

내 이름은 몽.이.
이제 삼십대에 접어든 청년.
한마디로 한창때죠.
훗
이래 봬도 유부남입니다.
반하면 곤란해요~

흔히들 그러더군요...
돌도 씹어먹을 팔팔한 나이라고...
네.
저도 그렇게 생각해요.

찡
그런데 ...
이렇게 아플 줄은 정말 몰랐어요ㅠㅠ
광
광
허리 디스크로 응급실행 후 입원 3일차

처음 겪는 통증 + 놀란 가슴 + 두려움 = 패닉
살려주세요.
뿌에에엥
몽이?

몽이...
벌써 일어났어?
부스스...
냥이...ㅠㅠ
여기서 자는 거
안 불편해?
물좀 마셔
난 괜찮아...

슥슥
세수하자~
아~
안 머겅...
한 입만
먹어.

몽이.
나 이제
회사 가야겠다.
진료
잘 받고-
연락할게!
냥이......
울먹
냥이 나
안아주고 가ㅜㅜ

꼬옥
냥이 사랑해...
냥이 없었으면
어쩔 뻔ㅠㅠ
나 진짜
장가 잘 간거 같아
몽이는 평생 냥이만
사랑할꼬양~ㅠㅠ

귀여운
몽이...
몽이...
근데 몽이
정수리에서...
똥내나...
구리
구리
4일 못 감았음

강아지와 고양이, 햄스터와 치타

이토록 사랑스러운 너와 나를 뻔하고 시시하게 이름이나 한두 개의 애칭으로만 부를 순 없지.

우리는 '몽이', '냥이', '자기'뿐 아니라 셀 수 없이 많은 애칭으로 서로를 부른다. 한가한 시간에 귀여운 동물 사진이나 영상을 즐겨보는 터라 호칭의 소재는 대부분 동물.

너무 몽이스러워 요즘 꽂힌 건 차우차우(중국에서 유래한 견종)와 기니피그다. 털 색이나 멍충미가 너무 몽스럽다. 콧구멍을 벌렁거리는 아기 토끼나 사모예드, 고슴도치도 좋다.

몽이는 대부분 통통하고 덩어리진 느낌의 동물에 대입하게 된다. 순둥한 몽이와 잘 어울린다. 냥스러운 건 대부분 고양이나 고양이과 동물에 비유된다. 물론 샴이나 페르시안처럼 순하고 애교 많은 고양이가 아니다. 배고픈 길고양이나 화가 잔뜩나 냥냥펀치를 날리는 들고양이, 혹은 호랑이나 아기 치타 같은 것들이다. 나의 앙칼진 느낌은 대체 불가! 역시 난 고양이과다.

차우차우와 기니피그, 고양이 사진을 주고받으며 '이거 완전 몽이', '이거 완전 냥이'하며 마치 영상 속 귀여운 아기 동물이 서로의 모습인 듯 예뻐서 까르륵거린다.

'찌그러진 몽이, 찌몽이', '몽덩어리', '쥐몽이'나 '냥냥이', '미친 냥이', '삐융이'처럼 생김새나 소리로 찰떡 닉네임을 생산한다. '햄찌궁둥', '몽배'처럼 신체를 어루만지며 부르는 것도 있다. '고영', '강쥐', '이냥이', '곽몽이'처럼 그냥 생각 없이(?) 파생된 것들도 있고. 별의별 애칭이 생겨나 이제 잊어버린 옛것들도 많다.

"남들이 우리 대화하는 거 들으면 어떨까?"

"오글거려서 죽을지도 몰라ㅎㅎ"

우리야 서로 닭살 멘트나 오글 애칭이 일상이지만 남들이 들으면 웩-하거나 시공간이 쪼그라들지 않을까 싶다.

그래도 동물이나 애칭으로 서로를 부르면 입 밖으로 발음을 내뱉는 순간부터 귀여움이 탁 묻어난다. 부를 때도, 들을 때도 기분이 좋다. 나처럼 애교 없고 무뚝뚝한 사람들에게는 특히 필수다. 이런 호칭을 주고받으면 격한 싸움을 줄일 수도 있다. 이미 호칭에 애정이 풀로 장착되어 있기 때문에 상대의 사랑을 의심하거나 심각한 상황을 누그러뜨릴 수 있다.

귀여움이 세상을 구한다라는 말은 진리다. 귀여운 구석이라곤 1도 없었던 내가 몽이 덕분에 귀여운 별명을 달고 산다. 귀여운 별명을 달고 살다 보면 진짜 귀여워지는 마법에 걸린다. 물론 몽이 앞에서만 펼쳐지는 매직이다.

mong_nyang_cartoon

어, 저거
몽이 닮았다.
이거 봐.
몽이 같아.

와, 저거 진짜
몽이다ㅋㅋㅋ
……?
얘 봐,
몽이랑 존똑.

몽이랑 닮은고는
왜 다 통통한고야…?
뿌
고슴도치
햄스터
보우
필**트
코끼리
아기 리트리버
각종
뚠뚜니들
살찐
보노보노

왜…?
왜냐니…
?
뚠뚠
통통
몽총
ㅋㅋㅋ
몰라서
묻는곤강?

냥바라기 몽이

몽이는 정말 나를 귀찮게 한다. 집에서도 계속 나를 따라다닌다. 이 방에 있으면 이 방으로 따라오고 저 방에 있으면 저 방으로 따라온다. 문을 슬쩍 닫으려고 하면 모르는 새 문틈으로 쳐다보고 있고 소파에 앉으면 온몸을 기대 올려다보고 밥 먹는 중에도 옆에 앉아 머리를 만지고 손을 주무른다. 내가 작업하고 있으면 뒤에서 서성이고 아, 설거지할 때 백허그도. 어딜 가나 따라오고 촉촉 반짝이는 눈빛으로 나를 바라본다. '냥이~'나 '고영~'을 입에 달고 사는 건 덤.

성인이 되기 전, 부모님이랑 같이 살 때 유난히 동물을 좋아하시는 엄마 덕분에 강아지를 여러 번 키웠었는데, 졸졸 따라다니는 몽이는 흡사 주인바라기 강아지와 똑 닮았다.

꼬리 살랑살랑, 엉덩이 좌우로 씰룩쌜룩, 사랑의 시선 발사!

세상에.

귀엽긴 한데, 음….

내가 며칠 안 씻어 꼬질꼬질한 몰골일 때는 그윽하게 쳐다보지 좀 않았음 싶은데.

내가 어떤 꼴이든 아랑곳하지 않고 냥이만 바라보는 냥바라기.

귀찮아서, "아 정말, 질척거려. 저리 좀 가!"하고 빽 소리를 지르면 몽이의 눈망울은 한풀 더 그윽해지고 촉촉함까지 더해진다. "나는 냥이가 좋아서 그렇지이이이~"한다.

"좋아서? 하아, 귀찮으니까 그럼 날 싫어하렴."

"힝… 몽이는 냥이가 좋단 말이양."

좋아서 그렇다고, 입술을 꼬물거리며 귀엽게 대꾸하니 마냥 싫어만 할 수도 없고 말이다.

연애와 결혼 합해 7년, 냥이만 바라보는 몽이가 신기해 물어도 보았다.

"몽이는 전에 여자 친구 사겼을 때도 이랬어?"

그럼 늘 한결같이 "무슨 소리야. 완전 냉정(?)했거든? 난 냥이한테만 그러는 거야. 냥이니까." 라고 대답한다. 예전에 자긴 차도남이었다고 강력히 주장하지만 팩트를 확인할 길은 없다(설령 전 여자 친구한테 다정했다 한들 또 무슨 소용이겠나. 사실 지나간 과거 따위에는 아무 생각 없음이기도 하다).

오랜 시간 함께하면서도 한결같이 해바라기처럼 나만 바라봐주는 몽이. 껌딱지처럼 자꾸 붙어있어 귀찮을 때도 많지만 또 없으면 허전해 내가 먼저 들여다보게 되는 사랑둥이.

참 고맙고 예쁘다. 내가 이 세상 어느 누구에게 이만큼 커다란 사랑을 받을 수 있을까. 이렇게 넘치는 표현으로 매일매일 배가 부르고, 가슴이 따뜻하게 데워질까.

이제는 '냥이~'소리가 안 들리거나 몽이의 촉촉 시선이 느껴지지 않으면 허전할 정도다. 몽이가 존재하기 이전의 내 삶이 어떠했는지, 과거의 내 까칠함과 우울이 어느 정도 깊이였는지 이젠 가물가물하다. 축축한 땅을 뒤덮었던 이끼들이 걷히고 싹이 나고 꽃이 피었다. 좀처럼 화를 잘 내지 않는 몽이, 한결같이 냥이를 찾고 부르고 매만져주는 몽이, 그의 진심어린 사랑이 빚어낸 변화다. 나의 계절이 바뀐 것이다.

깜짝
냥이~
헛!!

부비
냥이~
부비
네
몽이...

뇸뇸
냥이~
뇸뇸
우물 우물
......

냥익
핥
핥
윽...
열심

냥이~
냥이~
헉

탁
악!!
그만 따라다녀!!
징글징글!
으휴
증말

웅?
그만!!!
지긋이
헤

선물은 나야

몽이의 생일이나 우리가 처음 사귀기로 한 날, 100일, 1주년, 결혼기념일….

세상 사람들은 전혀 관심 없지만 우리에게는 국경일만큼이나 특별하고 소중한 하루가 있다.

그런 날 우리는 '너를 사랑한다'고 더 성심껏 말해주고, 손을 꼭 잡는다. 서로를 더 깊이 폭 안고 머리를 쓰다듬어주고 온종일 들떠 있다. 평소에 잘 먹지 못하고 마시지 못하던 것들을 특별하게 준비하고 유난을 떨며 챙긴다. 작은 선물도 주고받는다.

연애하고, 결혼하고서도 한동안 우리는 누가 먼저 하자고 한 것도 아닌데 정말 열심히도 기념일을 챙겼다. 사랑은 표현이 전부다. 어떻게 더 많이 표현할까 고민하는데, 마침 기념일이 돌아오면 얼마나 반가운 일인가. 기념일 핑계삼아 더 열심히, 더 뜨겁게, 더 많이 표현할 수 있으니.

몽이는 나를 위해 꽃다발이나 귀금속, 향수 같은 걸 예쁘게 포장해주고, 나는 몽이가 필요한 것들을 한참 전부터 준비한다. 무엇을 사줄까 고심하고, 선물을 고르고 포장을 하고, 어떻게 줄까, 이걸 받으면 어떤 표정을 지을까 상상하는 과정 하나하나가 설레고 소중하다. 마치 여행보다 여행 전 준비할 때가 더 가슴 뛰는 것처럼.

"이런 날은 고기를 썰어야지."

기름이 사방에 다 튀고 고기 냄새가 작은 신혼집에 배어 다음날까지 냄새에 취할 것만 같아도, 특별히 서로에게 집중하는 날이라 기분이 좋다. 그 기분을 만끽하기 위해 참 열심히도 즐겼다. 없는 날도 일부러 만들어 즐기는 것. 인생의 행복은 하루를 특별하게, 특별한 날은 더 특별하게 즐기는 것으로 만들어가는 거니까.

얼마 전에 문득 몽이에게 물어본 적이 있다.

"몽이는 내가 어떤 선물을 줬을 때 가장 좋았어?"

"선물…? 음… 난 역시 그거지."

몽이의 원픽은 '시계'였다. 내가 연애 초에 사준 은색 메탈 소재의 무난한 시계. 그 시계는 우리가 사귄 지 세 달만에 몽이가 입사 연수를 가게 되어 내가 준 입사 선물이었다. 당시 졸업한 지 얼마 되지 않아 주머니가 가벼웠던 몽이는 고무로 된 스포츠 시계를 매일 차고 있었다.

"입사 연수에는 정장을 입고 가야 한대."

몽이는 별생각 없이 흘리듯 말했지만, 그 말을 듣고 그의 시계를 바라본 내 머릿속엔 온통 시계 생각뿐이었다. 정장차림에 어울리지 않는 시계를 찬 몽이가 자꾸 눈에 밟혔다.

'정장에 스포츠 시계는 너무한데.'

그래서 정장이든 캐주얼이든 다 잘 어울릴 만한, 엄청 비싸진 않지만 그렇다고 저렴이도 아닌 시계를 몇 날 며칠 폭풍 검색해서 몽이 몰래 사두었다.

"너의 모든 시간에 내가 함께 있어줄게."

함께 드나들던 자취방에 두면 혹시나 눈치챌까 봐 회사로 시계를 배송받고 편지도 빼놓지 않았다. 그리고 계획대로 연수일이 가까워질 때 즈음 짠-! 하고 시계를 선물했다.

결과는 대성공! 몽이가 정말 정말 좋아해줬다. 아직도 그때 좋아하던 몽이 표정이 눈에 선하다. 손을 벌벌 떨면서까지 크게 기뻐해준 몽이. 선물을 받을 때도 좋지만 선물을 줄 때의 행복도 그에 못지않다. 누군가 내가 준 선물을 받고 진심으로 고마워하고 기뻐하는 모습을 보면 내가 값진 선물을 받았을 때보다 오히려 더 행복하고 기분이 좋다.

"전혀 생각지도 못했던 선물이었고, 그때의 나에겐 갖고 싶어도 비싸서 사지 못했던 거였거든. 냥이한테 시계 선물 받아서 너무너무 행복했어. 입사 선물이라는 뜻깊은 의미도 있었고. 이제 비싸고 좋은 물건을 많이 갖고 있지만, 그 날의 감동은 평생 못 잊을 거 같아. 냥이는? 어떤 선물이 제일 좋았어?"

"나야 당연히."

나는 당연히 아이패드다. 몽이가 아이패드를 사줬을 때, 그 시기에 나는 정말 힘든 때였다. 오래 다닌 대기업을 호기롭게 박차고 나와 작은 회사로 이직을 했었다. 그런데 이런저런 문제가 많아 급작스럽게 그만두게 되었고 실직 상태가 길어지고 있었다. 여기저기 면접도 보러다녔지만 쉽사리 성사되진 못했다. 괜히 의기소침해져 사람도 만나지 않고 집에 박혀 나날이 어두워져가는 나를 보며, 몽이는 '저렇게 스트레스 받아하는데…. 좋아하는 그림이라도 그렸으면 좋겠다….'라고 생각했다고 한다.

백 몇십 만 원을 호가하는 아이패드를 덜컥 사면서도 좋아할 내 모습만 떠올랐다고 했다. 자기가 오래 갖고 싶었던 것을 살 때처럼 행복했다고 했다. 전혀 생각지 못했던 뜻밖의 선물을 받고 너무 기뻤다. 평소 짠돌이 성향이 있는 몽이가 이렇게 비싼 선물을 했다는 사실에 한 번 놀랐고, 내게 필요한 게 무엇인지 나도 미처 모르고 있었던 걸 먼저 파악해서 짚어냈다는 사실에 두 번 놀랐다. 표현에 서툰 내가 리액션 없는 눈물까지 흘렸을 정도였다.

예쁜 마음으로 선물 받은 아이패드를, 절대 놀릴 수 없다 싶어, 평소 취미였던 만화를 그리기 시작했다. 나의 인스타그램 몽냥툰은 그렇게 탄생했다.

몽이의 선물이 나의 미래, 직업까지 바꾸어준 셈이다. 사랑이란 그런 거다.

상대를 위해서라면 하나도 아깝지 않은 것. 그 사람의 마음까지 훤히 들여다보아서 꼭 필요한 게 무엇인지 다 보이는 것. 무조건 일방적으로 퍼주는 관계가 아니라 서로가 아낌없이 주고 싶은 마음이 통하는 것. 그런 서로의 마음이 서로의 삶과 꿈을 더 성장시키는 것. 그 성장을 눈부시게 바라봐주는 것. 최고의 선물은 그거다.

솔직히 요즘은 특별히 선물을 주고받지는 않는다. 고가의 선물을 구매해봤자 공동재산이라 결국 카드값이나 메꾸게 되는 것이니(끙). 그렇다고 서운하진 않다. 선물을 주고받고 행복해하던 서로의 모습을, 우리는 선명하게 기억하고 있으니까. 더 알뜰하게 차곡차곡 마음을 쌓는 일이 훨씬 중요하다는 걸 안다.

앞으로도 함께 축하할 일이 별처럼 많으리란 걸 안다.

오히려 기념일엔 '내가 선물이야.' 혹은 '냥이꼬? 냥이꼬는 몽이.' 라고 말하는 몽이 볼을 한입 베어먹고 같이 맛난 거나 먹으러 가는 게 좋다. 가장 큰 선물은 오늘의 안녕, 건강, 그리고 변함없는 서로의 존재이니까.

3부

서로의 어깨에 기대어

맞춰간다는 것

언젠가 내가 토라져 몽이가 달래주던 때가 있었다. 항상 그렇듯 왜 다퉜는지 이유는 잘 기억나지 않는다.

“냥이, 미안해! 내가 앞으로 더 잘할게(이럴 땐 최대한 불쌍한 표정으로 나를 올려다본다).”

“잘해? 뭘 잘해? 잘하는 게 뭔데?”

“잘하는 고…? 음…. 냥이 말 잘 듣고, 냥이가 하라는 거 다 하고, 냥이 예뻐해 주고, 냥이 맛있는 거 사주고… 또… 어…(몽이는 몹시 난처한 표정을 지었다. 잘하는 게 뭔지 모르겠다는 눈빛이다).”

“휴, 바보야. 잘하는 건 그런 게 아니야. 뭘 해주고 그러는 게 아니라고!”

“그럼 뭔뎅?”

"잘하는 건 그 사람이 싫어하는 일을 안 하는 거라고. 내가 싫어하는 것 좀 하지마!!!"

"헛! 그렇구나. 알았어."

다른 길을 걷던 두 사람이 삶을 포개고 맞춰간다는 건 얼핏 보면 너무 어려운 일 같다. 각자가 가진 고유의 성질을 포기해야 할 것 같고, 받아들이기 어려운 상대의 미운 단점까지 억지로 받아줘야 할 것 같아 부담스럽기도 하다. 이가 맞지 않는 도형 두 개를 삐그덕대며 억지로 우겨넣는 모양새 같다.

하지만 어찌 보면 맞춰간다는 건 별것 아닐지도 모른다. 그저 한 발짝 양보하는 것. 서로가 싫어하는 걸 알아주고 되도록 하지 않으려고 노력하는 것. 그 정도면 충분한 게 아닐까?

'아, 내가 싫은 걸 네가 좋아할 수도 있겠구나. 내가 좋아하는 걸 네가 싫어할 수도 있겠구나.' 인정하는 것. 서로 맞춰간다는 건 서로 인정할 수 있는 그 지점을 찾아내는 것일지 모른다.

나도 내 살점을 깎지 않고 그도 자기 살점을 깎지 않고 누가 누구 때문에 희생했다는 억울함이나 피해의식을 만들지 않으면서 기꺼이 물러설 수 있는 지점. 그 한 지점을 찾아내어 기꺼이 지키려 노력하는 것. 그 정도면 된다. 나라는 사람 자체의 고유성을 훼손하지 않은 채 오롯이 함께할 수 있는 합의점이 필요하다.

치약을 끝부터 짜는 것

사용한 물건을 제자리에 두는 것

일주일에 한 번씩 청소하는 것

벗은 신발을 가지런히 두는 것

차에서 듣는 음악의 볼륨을 키우거나 줄이는 것

의견이 다를 때 상대의 의견을 끝까지 들어보는 것

너무 안 맞는다고 난리 치며 싸웠지만 사실 우리가 서로 안 맞는다고 느꼈던 것은 이토록 사소한 일들이었다. 서로 조금씩 조심하고 신경 쓰면 충분히 상대의 신경을 거슬리게 하지 않을 수 있는 것들이 대부분이다. 그런데도 가끔은 이 사소한 일 때문에 죽기 살기로 싸운다. 사랑한다면서도 정작 상대가 그토록 싫다는 행동을 멈추지 않기도 한다. 파국은 엄청나게 대단한 배신에서 오기도 하지만 종종 작은 균열을 통해 만들어지기도 한다. 그러니 얼마나 중요한가. 합의점을 찾아 서로 노력하는 것이. 작은 균열이 큰 파멸에 이르지 않도록 사소한 주의를 기울이는 것이.

이제 치약은 몽이 방식대로 그냥 아무렇게나 짜다가 마지막에 가서야 내가 튜브 구석구석을 정리하여 골고루 힘주어 짜낸다. 물건을 제자리에 두지 않아 화내곤 했지만 몽이의 동선이 어느 정도 파악되고 패턴이 보여서 규칙을 만들어주었다. 그러자 보다 쉽게 '제자리'를 찾는 법을 몽이 스스로 익힐 수 있게 되었다. 일주일의 한 번 청소하는 것은 정말 박터지게 싸웠다. 그 결과 '일요일은 무조건 청소'라는 절대적인 협정을 맺는 데 성공했다. 무슨 일이 있어도 이 룰은 지켜야 한다는 걸 서로 받아들이고 습관을 들였더니 이제 잘 지켜진다.

벗은 신은 내가 틈틈이 그때그때 정리한다. 소리에 민감한 나는 음악도 너무 큰 볼륨으로 들으면 머리가 아파, 늘 크게 음악을 듣던 몽이가 양보해주었다. 최대한 내가 듣기 편안하게 볼륨을 낮춘 음악에 몽이가 만족하기로 했다. 각종 시사 이슈에 대한 의견이 다를 때는 상대의 말을 막으며 자기 말만 하려던 태도를 서로 조심한다. 설령 의견이 맞지 않아도 그냥 그러려니 넘어간다. 사랑한다고 항상 생각이 똑같아야 하는 것은 아니니까.

어느 정도 양보해야만 우리가 평화로울 수 있는지 알기에, 우리가 나름 서로를 배려하려고 노력하는 중임을 알기에 고맙게 생각한다. 서로 감사한 마음을 잊지 않으려고 한다. 그럴 수 있어야 좋은 관계가 오래 유지된다. 불타는 사랑은 짧다. 그 이후의 관계는 노력이다.

냥이이......
끼잉
내가 잘 할게...
앞으로 더 더
잘 할게...

뭘 잘해...
쑵
몽이가 말하는 '잘 하는 거'가
뭔데?
응...?
잘 하는고...
잘하는게...
모냐묜......

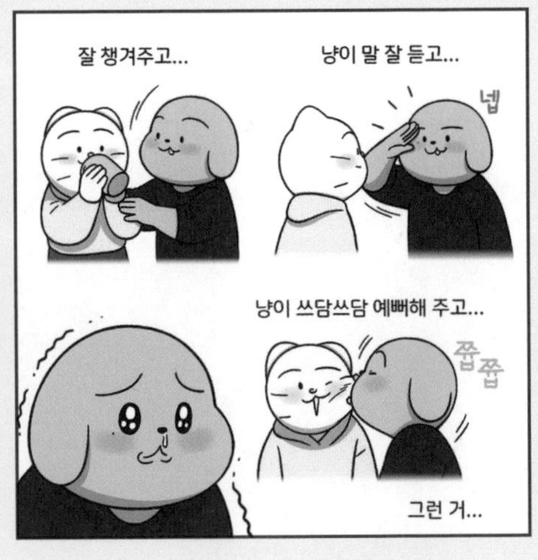

잘 챙겨주고...
냥이 말 잘 듣고...
넵
냥이 쓰담쓰담 예뻐해 주고...
쭙쭙
그런 거...

바보야.
잘한다는 건
그런 게 아니야.
힝구
그럼...
에휴
잘 하는 건
별게 아니라

그 사람이
싫어하는 일을
안 하는 거야!
배려라구
배려~
내가 싫어하는 거
좀 하지 마...
왕쭈글
그럼 바라는 거
없어...

내 어깨에 기대

나는 여장군처럼 기운이 세고, 무슨 일이든 내가 나서서 해결하겠다는 고집이 있다. 당연히 우리 집의 모든 의사 결정과 몽이의 자질구레한 일상까지 모두 내가 컨트롤한다고 생각했다. 실제로 몽이는 미리 약속 정하기, 선물 챙기기, 현금 챙기기, 생필품 사기, 음식하기, 정리정돈하기 등 본인이 크게 관심이 없고 해야 할 의지도 그닥 없는 것들은 유치원생 수준으로 어버버하는 경향이 있다. 워낙 즉흥적으로 움직이는 사람이기도 하다. 한마디로 현실 생활에 센스가 없달까(센스가 없다는 게 큰일은 아니지만, 곁에서 지켜보는 이로서는 세상 답답한 일이다).

디테일이 떨어지고 일상생활에 서툰 몽이에게 나는 사소한 것, 양말 한 짝까지도 챙겨주고 손에 쥐어주었다. 그러면서 내심 '나 없으면 어쩔 거냐?', '내가 우리 집안의 실질적 가장이지.'라고 믿었다. 실제로 몽이가 그렇게 추켜세워

주기도 했고.

시간이 흘러 결혼 생활의 연차가 쌓일수록 '책임'이라는 측면에서 가장의 역할에 대해 다시 생각하게 된다. 남자가 가장이냐 여자가 가장이냐는 식의 주도권 싸움을 말하는 게 아니다. 가정 경제나 미래, 은퇴에 대한 고민이다.

'대충 회사 다니다 보면 어떻게든 되겠지' 싶던 우리의 삶에도 시간이 갈수록 불안이 엄습했다. 벼락부자, 벼락거지라는 신조어가 등장하고 파이어족이나 재테크에 대한 말들도 주변에서 흔히 듣게 되는 요즘이다. 30대 중반의 기혼자들이 으레 그렇듯, 자녀 계획이나 자녀 교육에 대한 고민도 깊어진다. 나 혼자만 사는 게 아니라 사랑하는 사람과 함께 살아가야 할 삶이기 때문에 책임감도 크다.

그전엔 재테크 같은 건 생각해본 적도 없었다. 적금이나 보험 조금 붓고 있는 게 다였다. 다 아는 듯 똑똑한 척해도, 세상 어리숙한 모습이었다. 어느샌가 주변 사람들의 대화처럼 우리 부부도 자연스레 부동산, 주식, 가상화폐 같은 것에 관심을 가지기 시작했다. 실제 가상화폐로 수억씩 버는 친구들을 보며 큰 충격을 받기도 했다. "이거 실화냐?" 성실히 회사 다니며 차곡차곡 저축하는 게 전부라고 여기던 우리 부부도 큰 고민에 빠졌다.

나는 모험을 두려워하지는 않지만, 그렇다고 적극적으로 모험을 즐기지도 않는 사람이다. 돈과 관련해서는 특히 그렇다. 돈이 많으면 당연히 좋겠지만 그렇다고 리스크를 감수하면서까지 모험을 하고 싶지는 않았고, 일일이 공부해가며 투자하는 건 살짝 귀찮은 타입? 아니 어쩌면 돈에 대해 무지한 사람이었는지도 모르겠다.

하지만 최근 몇 년 사이에 몽이는 달라져 있었다. 나와 함께 살아갈 미래에 경제적 궁핍으로 인해 쪼들리지는 않을까 걱정했고, 어떻게 하면 보다 윤택한 삶, 여유 있는 삶을 살 수 있을까 궁리했다. 재테크에 눈을 뜨면서 공부도 열심히 했다. 스스로 가정 경제에 대해 가지는 책임감이 컸다.

덕분에 결혼 후 마이너스 혹은 현상 유지만 겨우 하던 우리의 자산이 차근차근 불어났고, 최근엔 꽤나 안정적인 포트폴리오를 갖게 되었다.

몽이가 돈을 대하는 태도가 달라지니 직장에만 매달리며 정년퇴직만 바라보던 우리의 삶, 가치관, 세상을 향한 시선도 많이 바뀌었다. 과거엔 회사 네임밸류나 학벌, 급여, 복지 따위가 중요했다면 지금은 나의 시간과 일, 사업, 투자, 가치, 행복에 더 큰 의미를 둔다.

어쩌면 내가 작가가 될 수 있었던 것도 몽이의 책임감 있는 역할 때문이었는지 모른다. 내가 백수나 가난한 작가가 되더라도 생활의 쪼들림 없이 기꺼이 내 꿈을 응원해줄 준비를 하기 위해 몽이는 최선을 다해주었다. 가끔 양말 짝을 잘 못 맞추고, 장보는 데 관심이 없었을지라도.

당연히 아직은 우리가 금전적으로 풍요롭진 않다. 하지만 '몸과 마음이 여유로운 사람'이 되고 싶다는 꿈은 생각보다 빨리 이룰 수 있을 것 같다. 생각이 달라졌기 때문이다. 직장이나 돈, 일, 삶 등 거의 모든 것에 대한 가치관이 달라졌다. 저녁마다 함께 식사하면서, 술 한잔 하면서 참 끊임없이 많이 대화했던 덕분이고, 무엇보다 몽이가 성실하고 단단하게 받쳐준 덕분이다. 튼튼한 기둥처럼 흔들림 없이 버텨주고 감내해준 덕분에 우리가 용감하게 '다른 선택'을 할 수 있었다. 바뀐 생각을 머릿속에서만 가지고 있는 게 아니라 한 발 한 발 실천해볼 수 있었다. 누가 가장이라기보다 각자 잘할 수 있는 분야에서 상대의 모자람을 채워주며 서로의 이익을 위해, 가정이라는 공동체를 위해 노력한 덕분이다.

몽이는 회사에서 일하는 시간 외엔 거의 대부분 부동산이나 주식에 대한 공부를 한다. 정말 많이 한다. 그토록 지루한 걸 못 견뎌하던 사람이 낯설고 어려운 투자나 사업, 재미없는 재무재표, 여러 가지 경제 동향 등에 대한 공부에 파묻혀 주말 내내 친구도 만나지 않고 틀어박혀 있다. 가끔은 짠하기도 하고 더러는 대견한 마음도 든다. 어떨 때는 굳이 저렇게까지 해야 하나 싶어, '난 부자가 아니어도 괜찮다'는 말을 해주기도 한다. 하지만 몽이는 단호하다.

"냥이는 나만 믿어. 난 우리 집 재산 잘 지켜서 냥이랑 노후에 행복하게 살 거야. 난 냥이의 유능한 자산관리사!" 라며 귀엽게 웃을 뿐이다.

단순히 돈이 좋아 돈에만 매달리는 게 아니라 나를 행복하게 만들어주겠다고 이렇게 열중하는 남자를 보면 참 내가 사랑하지 않을 수 없는 사람이란 생각이 든다. 가정의 모든 의사결정과 주도권을 내가 가지고 컨트롤해온 것 같지만, 사실은 그 또한 몽이의 배려였음을 이제는 알겠다. 밤낮없이 가정 경제를 위해 공부와 고민을 게을리하지 않는 몽이의 뒷모습에서 삶의 무게도 느껴진다.

나 역시 어느 순간, 그가 힘겨워하는 때가 온다면 기꺼이 내 어깨를 빌려줄 생각이다. "내 어깨에 기대. 기대어 잠시 쉬어도 돼."라고 말해줄 수 있으려면 나도 준비하고 노력해야겠지. 그게 올바른 사랑에 대한 책임이라면.

mong_nyang_cartoon

SAMSUNG
Galaxy S21 Series 5G
오, 우리 회사
신제품!
?
우리 회사 차
이쁘지 않아?

역시 우리 회사
커피 맛있당.
......
찰칵
우리 회사
잘 나가넹~
최고!

우리 회사
제품을 좋아하네, 냥이?
?
???
왜 자꾸
우리 회사~ 우리회사
그래?
몽이네
회사
아니잖니

다~ 내가
주식 갖고있는
회사들이니까!
나는야
주주!
엥…?
주주라고?
시크릿쥬쥬아님?
내 돈 들어간
회사들이니까
소비해서
응원하는고양.

금시초문
애플 주식
몇 주 있는데?
애뽈…?
당욘히!
한 주 가지고 지금…
한. 주.
?
생색 왕이네 이거…

싸움의 기술

한 집안의 맏이로 태어나 자유분방한 성격과 예술성을 타고난 우리! 우리 둘은 그림을 그리고 디자인을 공부하고 학교와 회사를 거치며 단단한 자존심을 다졌고 사랑이라는 명목 아래 만났다. 몽냥툰이나 SNS에서 좋은 모습만 보여주듯 일상도 항상 아름답고 달달하기만 하다면 얼마나 좋겠냐마는…. 우리도 현실 세계에서 만나 보면 평범하기 그지없는 한 쌍의 젊은 부부.

여느 사람들처럼 치열한 대치 상황에서 부딪힐 때도 종종 있다. 솔직히 내 얼굴에 침 뱉기 같아 정말 친한 사람 외에는 얘기도 안 하지만, 한 번은 정말 파국을 맞이할 뻔한 적도 있었다. 합의이혼 서류를 인쇄하려 지식인에 검색했을 정도.

결혼 생활 N년차에 한 번쯤 이혼을 생각했던 적이 왜 없었겠는가? 싸우는 소재들도 각양각색이다.

취향과 성격의 '다름'은 물론, 괜한 신경질, 짜증, 자존심 세우기…. 부부 싸움의 종류는 끝도 없이 많고 다양하다. 사랑하니까, 이해하고 싶으니까 맞춰 주려 했던 노력들도 이상하게 어느 날은 진흙탕에 빠져버린 트럭의 뒷바퀴처럼 헛돌기만 한다.

"냥이는 왜 그렇게 차갑게 말해?"

"내가 언제? 몽이가 먼저 신경질적으로 말했잖아."

"내가 이거 갖다놓으랬잖아."

"냥이가 좀 해주면 되지. 그냥 좀 해줘라."

"내가 네 뒤치다꺼리 해주는 사람이야?"

이럴 땐 "난 원래 그래, 넌 원래 그래." 따위로 방어막을 치며 '나는 절대 잘못 없음'을 상대에게 강요하면서, 기어코 몽이를 넘어뜨려 승리를 쟁취하겠다는 결의를 다진다. 한치의 물러섬도 허용하지 않을 것처럼 맹렬하게. 지금까지 극단으로 치달을 만큼 싸운 적은 손에 꼽을 정도이긴 하나, 그 내상은 꽤 오래갔다. 그리고 그 싸움 끝에 결국 얻는 것은 내가 참 못났다는 씁쓸함뿐임을 알게 되었다.

그럼에도 이상한 건, 사이가 좋을 때면 항상 "우린 정말 안 싸우는 거 같아."라고 자주 얘기한다는 것이다. 어느새 죽기 살기로 싸웠던 걸 홀라당 다 잊어버린 거다. 대부분 잔잔하게 다투고 그마저도 금세 화해하는 편이라서 그런 걸까?

주변 사람들이 가끔 묻는다. 어떻게 자주 싸우지 않냐고. 우리가 자주 싸우지 않는 이유…?

자주 싸우지만 너무 사소해서 기억 못하는 것일 수도 있고, 정말 남들만큼 심하게 자주 싸우지 않는 걸 수도 있다. 남들이 얼마나 자주 싸우는지 자세히 알지 못하지만 우리가 자주 싸우지 않는 게 확실하다면 그 이유는 몽이 때문이다. 웃프지만 몽이의 참을성이 싸움을 비껴가게 한다.

몽이는 천성이 그다지 화가 없는 편이다. 내가 화를 내도 덩달아 같이 화를 내진 않는다. 누군가 나에게 화를 내면 멀쩡하다가도 갑자기 열폭하게 마련인데, 상대가 맞장구를 쳐주지 않으니 금세 시들해진다. '같이 화내지 않기'가 꽤나 효과적인 셈이다. 한 사람이 아무리 폭주해도 상대가 같이 불에 기름을 붓지 않고 기다려주면 어느새 감정이 가라앉는다. 활활 타오르려던 싸움도 제풀에 숨이 죽는다. 상대방이 전투 의지가 없으니 나도 전의를 상실한달까?

가끔 보면 단지 '상대방이 먼저 화내기 시작했기 때문에' 덩달아 화내는 사람들이 많다. 나도 약간은 그런 편이었다. 그가 화를 냈기 때문에 화를 내다보면 갈등의 본질은 상관없이 싸움이 싸움을 키운다. 정작 문제의 핵심은 놓친 채 서로 언성을 높이며 화에 화를 더하게 된다. 감정만 상하고 달라지는 건 없다.

그런데 몽이는 내가 화를 내도 덩달아 화를 내지는 않는다. 내가 화를 내는 경우는 대부분 청소나 정리에 관련된 잔소리일 텐데, 이때도 몽이는 같이 화를 내기보다는 인정하고 사과하는 편이다. 상대가 빠른 인정과 사과를 해오면 사실 더 이상 싸움은 이어질 수가 없다. 어쩌면 체질적으로 다혈질이라 화를 잘 내는 사람도 있고, 반대의 경우도 있을 것이다.

"나는 다혈질이니까 네가 참아." 이런 식의 태도는 상대를 더욱 화나게 할 것이다. 내 화는 내가 잘 다스려보자. 상대가 화를 낼 때도, 화를 내는 그 자체보다는 왜 화를 내는지 그 이유를 들여다보자. 그래야 문제의 본질에 다가갈 수 있고, 문제를 해결할 수 있을 테니. 싸울 때는 몽이처럼. 화가 날 땐 몽이처럼. 싸움을 멈추게 하는 강력한 한 방이다.

가끔은 싸우고 나면
펭
휙
휙

홱
미워...!!!
끼
잉
네가 너무 미워

짜증나.
내 눈앞에서
사라졌음 좋겠어.
원망스러워.
흥!
보기조차 싫을 때가 있지만
......
......

......
......
......
......

만약 정말로
볼 수 없다면
이대로
영영 못 본다면…
핑…
그럼 나는 살 수
없을지도 몰라.
속 썩여도 이렇게
곁에 있는 게 고마운건데…

내가 화내고
못되게 말해도
사라지지는 마.
툭
늘 지금처럼

내 곁에 있어.
꼬
옥
핥
이마
호로록!
다시
삐치는 중

오래 살았으면 좋겠어

열여덟 즈음. 있는 듯 없는 듯 무난하게 지나가주면 좋으련만. 사춘기 문턱은 걸려 넘어지기 딱 좋게 숨어 있었다. 그 즈음엔 고열로 끙끙 앓으면서 독한 약을 한입에 털어넣은 듯 지냈던 것 같다. 정신없는 사람처럼 굴었다. 생각과 행동이 15도쯤 기울어져 휘청거렸다. 한마디로 삐뚤어진 아이였다(남을 괴롭히거나 돈을 뺏는 짓은 하지 않았지만). 그땐 어른들도 세상도 모든 것이 이해할 수 없는 것 투성이였다. 이 세상에 행복하고 좋은 것이라곤 눈 씻고 찾아도 없었다.

'세상이 망해버렸으면 좋겠다.'

'난 빨리 죽을 테야. 스물셋 즈음엔 진짜 죽었음 좋겠어. 오래 살아봤자 스물 일곱?'

절망과 우울이 일상이었고, 허세 충만이었다. 지금으로선 이해 못 할 헛 상상도 곧잘 하곤 했다. 그때보다 정확히 두 배를 더 살아낸 지금, 돌이켜보면 십 대 시절 내 철없던 모습을 떠올리면 기가 찰 노릇이다. 마치 해도 별도 뜨지 않는 어두운 하늘을 혼자 머리 위에 이고 있는 듯 지냈던 나.

오래 살아봤자 스물일곱을 넘기지 않을 거라던 그 나이에 도달했을 때, 나는 적잖이 당황했다.

'엇, 생각보다 시간이 빠르잖아(놀람)? 지금 죽기엔 좀 이르네. 한 오십까지는 살아 보자!'라며 잠시 열여덟에 정해놓은 데드라인을 저만치 미뤄놓았다. 스물일곱이란 나이에 도착해보니, 내 생각보다 너무 젊고 예쁜 나이였다, 놀랍게도! 미련없이 죽기에는 스물일곱 살의 내가 아깝기도 했다. 어쩌면 스물일곱 살에는 생각보다 살만 했었던 건지도 모르겠다.

인생의 데드라인이라 여겼던 스물일곱 살로부터 또 더 많은 시간이 흘렀다. 바람처럼 시간이 흘러, 어느새 나는 결혼도 하고 차곡차곡 빼놓지 않고 나이를 먹고 있다. 오 년, 십 년 나이를 먹을수록 빨리 죽고 싶었던 내 생각은 거의 사그라들었다. 아니, 이제는 무조건 오래 살고 싶다. 오십 살이 되어서는 어떨지 아직 모르지만, 그때도 지금처럼 오래 살고 싶다면 나의 데드라인은 또 미루어야 할 것이다.

아침에 눈만 뜨면 '죽고 싶다!'고 중얼거렸고, 저녁에 해만 지면 '내일은 해가 뜨지 않았으면 좋겠다'고 소원했던 날들. 그러나 이제 나는 그런 말도, 생각도 하지 않는다. 이젠 죽음이란 게 무섭다. 죽음조차 무서울 게 없었던 순간들을 지나, 죽음이 가장 무서운 순간에 이르렀다.

죽고 나면 아무것도 없을까 봐, 지옥에 갈까 봐, 영혼 없는 돌이나 풀 따위로 환생할까 봐 겁나는, 그런 두려움이 아니다. 지금이 너무 행복해서 죽음이 무서운 거다. 이 행복이 끝나버리면 어쩌지 하는. 천년만년 누리는 것도 부족한데, 갑작스레 삶이 끝나버리면 어쩌지? 만약 몽이에게 작별인사도 제대로 못하고 죽는다면 어쩌지….

나쁜 상상을 하다 보면 견딜 수 없이 두렵다. 브레히트의 시가 떠오른다.

내가 사랑하는 사람이 나에게 말했다.
당신이 필요해요

그래서 나는 길을 걸을 때도 정신을 바짝 차리고 걷는다
빗방울 하나까지도 조심하면서
비에 맞아 죽어서는 안 되겠기에

사랑하는 사람이 생기면 사소하게 다치는 것도 두렵다. 나는 나 혼자만의 몸이 아니라는 생각도 든다. 잃을 게 많아지면 겁도 많아진다. 사랑하는 사람을 잃게 되는 것만큼이나 나 때문에 사랑하는 사람이 슬퍼할 일도 겁나서, 매 순간 조심하는 겁쟁이가 된다. 사랑하는 몽이랑 지겹도록 오래 살려면 떨어지는 빗방울도 조심해야 한다. 사춘기 시절 내 눈에 비친 어른들의 모습이 그토

록 비겁하고 한심해 보였던 이유도 어쩌면 그 때문이었는지 모르겠다. 어른들은 지켜야 할 게 많은 사람들이었으므로.

내일이 전혀 궁금하지 않아 오늘 미련 없이 죽어도 좋다고 믿었던 나는, 이제 몽이와 함께하는 내일을 기다리고 기대한다. 훗날 우리가 아이를 낳고 기르고 또 그 아이가 아이를 낳고 기르는 모습을 지켜보는 것. 지루하고 진부하기 짝이 없다고 느껴졌던 시시콜콜한 일상도 이제는 다 궁금해졌다. 늙으면 추하기만 할 뿐이란 생각도 바뀌었다. 세월 속에서 함께 나이 들어가며 몽이의 주름지고 검버섯 피는 얼굴을 바라보는 것. 상상만으로도 아름답고도 애잔한 일이다.

노년을 함께 보낼 조그만 집은 어떤 모습일지, 마당은 있는지, 강아지를 키워도 될지 그런 사소한 것도 궁금하고. 그동안 아무리 좋은 곳, 맛난 것 다 경험해 봤다지만 몽이와 함께 가보지 못한 곳, 함께 해보지 못한 게 아직 훨씬 더 많다. 함께했던 것들마저도 나이 들어가면서 다시 해보면 또 새로울 테지. 쉰 살의 우리와 일흔 살의 우리가 다를 테니까.

"난 프라하도 독일도 아프리카도 이집트도 가보지 못했어. 아직 못 가본 곳 투성이네."

"나중에 같이 가면 되지. 꼭 같이 가자."

"우리 파리 갔을 때, 오르세 미술관 너무 짧게 보고 온 거 같지 않아? 그게 두고두고 아쉬워…."

"다음에 갈 땐 아예 미술관 앞에 호텔을 잡아서 며칠씩 보고 오자. 괜찮지?"

우리가 나눈 수많은 약속들을 꼭 함께 오래오래 지켜나가고 싶다.

20대에는 참 술도 많이 먹고 잠도 아무렇게나 자고 밥도 대충 먹고 내게 주어진 건강이 무한한 듯 몸을 써대곤 했다. 결혼하고는 내 몸을 자신의 몸보다 아껴주는 몽이 덕에 술도 줄이고 잠도 제때 자려고 노력하고 밥도 신경 써서 챙겨 먹으려고 한다.

"냥이가 건강하고 오래오래 내 곁에서 살았으면 좋겠어."

사랑하는 사람이 내게 말했으니까 나는 빗방울까지도 조심하면서 살겠다. 그의 소중한 사람인 내가, 나도 오래 살았으면 좋겠으니까.

각자의 영역

'결혼하면 둘이 좁은 집에서 종일 붙어있어야 하나? 그럼 쉽게 질려버리지 않을까?'

결혼을 앞두면 세상 온갖 게 다 걱정이다. 누군가는 이런 증상을 혼전우울증(Marriage Blue)이라고 했다. 평생 한 사람과 한 공간에서 모든 것을 공유하면서 산다는 게 나로서는 도저히 상상이 안 됐다. '생각만 해도 왠지 벌써 지겨운데….' 쓸데없는 걱정이 많았더랬다. 하지만 막상 결혼하고 보니 서로 생활 패턴도 다르고 하는 일이 많아서인지 우려했던 것(?)만큼 붙어있는 시간은 길지 않았다.

일단 나는 아침잠이 많고 몽이는 일찍 일어나는 편. 내가 회사 다닐 때조차 서로의 출퇴근 시간이 달라 아침에 마주칠 일이 거의 없었다. 요즘은 내가 집에서 일을 하다 보니까, 점점 더 몽이보다 늦게 자고 늦게 일어나게 되었다(그래도 새벽까지 잠 안 자고 작업을 하지는 않는다. 만약 결혼을 안 했다면 낮밤을 바꿔서 살거나 아주 불규칙한 삶을 살았을 테지만, 결혼이라는 형식이 규칙적이고 건강한 삶의 패턴에 영향을 미치는 터라, 밤샘을 하는 일은 거의 없다).

몽이가 이른 시간에 출근한 뒤 다시 퇴근해 집으로 돌아올 때까지 나는 혼자 있다. 저녁에 만나도 각자 방에 들어가서 책을 읽거나 공부를 하거나 잔업을 하곤 한다. 잠깐잠깐 방에 스-윽 들어가 뽀뽀를 해주거나 머리를 쓰다듬기도 하고, 서로에게 물 같은 사소한 것을 챙겨주기도 하지만 대체로는 각자 자신에게 필요한 시간을 갖는다.

자기 자신 혹은 자기 할 일에 집중하는 시간은 결혼 후에도 당연히, 매우 중요하다. 결혼 연차가 더해질수록 나의 혼전 걱정이 얼마나 부질없는 것들이었는지 알게 되었다. 아무리 부부라도 각자 자기 자신에게 열중하다 보면 얼굴 맞대고 있는 시간은 생각보다 매우 짧다(오히려 연애할 때 더 많이 붙어있던 것 같기도 하다).

한 집에서 떨어져 있다고 해도 서운하거나 그것 때문에 외롭지는 않다. 가끔 괜히 "냥이랑 왜 안 놀아줘?" 투정 부리긴 하지만 그건 소소한 장난일 뿐이다. 아무리 한 몸인 부부라지만 각자의 생활이 있고 각자의 시간이 필요하다(무엇보다 나도 해야 할 일이 많아 바쁘다). 몽이의 자유시간도 소중하다는 것을 백 번 인정한다. 내가 종일 몽이만 기다리다가 퇴근한 몽이에게 달라붙어 징징대면 아마 몽이도 몹시 부담스러울 거다. 나 역시 몽이가 나한테만 매달리고 집착한다면 반갑지 않을 것 같다. 건강한 관계를 지속하기 위해서는 부부라도 적당한 거리가 필요한 법. 아무리 사랑하는 사람과 한 공간에서 살아도 자기 자신에게 집중하는 시간은 가져야 한다. 부부에게도 각자 자신만의 공간이 있어야 하는 이유다. 혼자 있어서 외로운 게 아니라 홀로 서지 못해 외로운 거라는 말에 동감한다. 홀로 잘 설 수 있어야 배우자를 만났을 때도 지혜롭게 하나가 될 수 있을 거라 믿는다. '주말 부부는 3대가 덕을 쌓아야 한다'고 농담 삼아 이야기한다. 얼마나 많은 부부들이 적당한 거리를 원하고 있는지 느낄 수 있는 말이다. 가까울수록 적당한 거리는 오히려 사이를 좋게 해주는 양념이다.

신기하게도 몽이가 방문을 닫고 전혀 보이지도, 들리지 않는 공간에 있어도 한 집에 있기만 하면 그냥 바로 옆에 있는 것처럼 안정감이 느껴진다. 각자의 방에서 무엇을 하든 한 집에서 자기가 좋아하는 일에 몰두하며 평화로운 시간을 보내는 것만으로도 충분함을 느낄 때가 많다. 몇 시간 따로 놀다가 또 함께 식사를 하고 함께 산책을 하며 함께 잠자리에 든다. 지켜야 할 선을 지키고 존중하는 관계. 불 같이 뜨거운 사랑은 금세 식지만, 은은한 온기로 만들어낸 관계는 오래 유지할 수 있다.

"냥이가 집에 있어서 좋아. 난 혼자 있으면 너무 외로워. 냥이 없을 땐 방에서 나오지도 않아."

혼자 열심히 일하던 몽이가 방에서 나와 나에게 폭 안기며 말한다. 이젠 꼭 옆에 두지 않아도 옆에 있는 것 같은 몽이. 어느새 나는 몽이가 없어도 어디서든 몽이와 함께있는 것 같다. 데일 듯이 뜨겁진 않지만 우린 서로 따뜻한 사이다.

mong_nyang_cartoon

결혼하면 맨날 붙어있겠지?

연애 시절
결혼하면
몽이랑 맨날 붙어있겠지?
꺄~ 넘조랑
그러다 지겨워지는 거 아냐?
...라고 생각했는데...

아침
휙
이미 출근함
아침 ~ 점심 ~~
나 혼자 일을 하고
...
나 혼자 밥을 먹고~

저녁
나도 작업할게~
넹
각자 할 거 하는 中

자정
ㄹㄹ
ㄹㄹ
몽이 벌써
자네...
헛
생각보다 몽이와 하루에
붙어있는 시간이 짧다...
일어나세요 용사님...
노라조
심시메

설렘

흔히 듣는 얘기 가운데 하나. 사랑의 유통기한은 그리 길지 않다는 것. 과학적으로 따져도 겨우 2년 정도라고. 사랑을 느끼는 신경 호르몬 물질 세로토닌(연애 세포 같은 건가…?)의 생성은 짧으면 3개월에서 길어봤자 3년 이상 지속되지 않는다고 한다.

뜨거운 연애 감정의 회오리가 평생 지속되었다가는 아마 조기 사망에 이를 수도 있을 테니, 그 정도가 적당할까? 연애 감정에 휩싸이는 건 특이한 상황이고, 인간은 특이한 상황에서 벗어나 다시 편안한 상태로 돌아가려는 습성이 강하기 때문이라고 한다. 하긴. 아주 틀린 말은 아니지.

날이 좋아 외출했다가도 금세 집으로 돌아가서 지난밤처럼 눕고 싶은 게 사람 아닌가. 남녀가 성적으로 서로에게 반하고 끌리고 또 지루해지며 멀어지는 이 모든 과정은, 어쩌면 호르몬의 장난일지도 모르겠다. 동화책이나 만화

책에 나오는 '심쿵' 같은 것도 뇌에서 시키는 일이라는 거지.

하지만 미칠 것처럼 심장이 뛰는 감정이나 온종일 '그(혹은 그녀)'만 생각하는 호르몬 이상 증상만을 사랑이라 할 수 있을까. 가끔 인스타그램이나 페이스북에 고령의 나이에도 손을 맞잡고 걷는 늙은 노부부의 뒷모습을 담은 영상이나 사진이 올라오곤 한다. 수많은 젊은이들은 이런 포스팅에 자신의 연인을 태그하며 '우리도 이런 사랑하자'고 외친다. 몇십 년이 지났어도 다정히 손을 잡고 다닐 만큼의 애정을 유지하는 일. 늙고 왜소해진 노부부에게서 느껴지는 사랑은 심장이 요동치는 뜨거움은 아니다. 그럼에도 감동은 크다. 그들이 함께했을 평생의 삶과 사랑이 아름답게 여겨지는 건 수많은 어려움과 위기를 겪고도 변치 않았기 때문 아닐까? '영원한 사랑'에 대한 칭송은 그것이 그만큼 쉽지 않기 때문일 것이다.

노부부의 사랑을 두고 50년쯤 전에 이미 유통기한이 지난 거라고 말할 수는 없다. 부부의 사랑은 그리 쉽고 빠르게 폐기처분되지 않는다. 처음의 뜨거움이 아니더라도 모양과 색을 바꾸며 또 다른 사랑으로 익어가는 것일 뿐.

나도 몽이를 처음 만날 땐 가슴이 쿵쾅쿵쾅 쉴 새 없이 뛰었다. 설렘에 빠져 온종일 허우적거리기도 했다.

《어린 왕자》에 나오는 한 소절처럼 그를 만나러 가는 몇 시간 전부터는 기다림에 목이 타들어가는 것 같던 때도 있었다. 그러다 그를 만나면 '너무 좋아 미치겠다'는 말이 입버릇처럼 나오곤 했다.

"하하…! 나도 그럴 때가 있었지."

"그때가 참 좋았지, 우리."

이제는 뜨거움이 아니라 온기로 그 시간들을 뒤돌아보며, 딱풀 발라놓은 것 같은 요즘 연인들에게 그저 엄마 미소를 짓는 오랜 기혼자가 되었지만.

사람들은 부부 사이엔 설레는 감정이 있을 수 없다고 단정 짓듯 말한다. 흠, 글쎄. 정말 그럴까? 부부로 꽤 오랜 시간을 지나온 지금, 거짓말 같겠지만 난 아직도 몽이에게 설렌다. 처음처럼 시도 때도 없이 설레는 것은 아니지만 문득 문득 무심히 찾아오는 소소한 설렘까지 휘발되어버린 건 아니다.

아침에 일어나 눈 떴는데 이미 출근해 없는 몽이의 향수 냄새가 내 뺨에서 날 때.

몽이가 벗어둔 티셔츠에서 묻어나는 익숙한 그의 체취.

회사에서 바쁠 텐데도 종종 보내오는 웃기고 사랑스런 이모티콘이나 귀여운 동물 사진들.

전화 올 시간이 아닌데 갑자기 불쑥 걸려오는 그의 전화. 그리곤 태연히 '그냥 걸어 봤어!' 툭 내뱉듯 말할 때 그의 목소리.

퇴근 시간이 다가올 때.

오기로 한 그 시간에 정확히 집 앞에 도착하여 띠띠띠띠 누르는 도어록 소리.

맛있는 간식거리나 와인 한 병 사들고는 씨익 웃으며 '냥이랑 먹으려고 사 왔어.' 할 때.

말없이 다가와 꼬~옥 안아줄 때.

같이 누웠는데 차가운 내 다리를 감싸 안아줄 때.

주말에 같이 차 몰고 장 보러 갈 때.

헐렁하고 편한 옷차림으로 같이 손잡고 산책갈 때.

몽이와 함께하는 일상에서 나는 이 사람에게 때마다 반하고 때때로 두근거린다.

"냥이, 요즘 피부가 좋아진 거 같아."

"몽이는 더 잘생겨진 거 같네."

매일 보는 얼굴, 반복되는 익숙함 속에서도 어느 날 전혀 다른 색이나 향을 볼 때가 있다. 익숙함 속에서 만나는 낯설음은 기분 좋은 떨림을 가져온다. 내가 나 자신을 자세히 잘 모르듯 잘 안다고 생각한 몽이도 알면 알수록 재밌고 새롭게 신기한 구석이 많다. 서로를 알아가는 데에는 끝이 없는 듯하다.

모자이크를 완성해나가듯, 퍼즐 조각들을 맞춰나가듯 조금씩 조금씩 상대에게서 흥미를 잃지 않고 호기심 어린 눈으로 탐색해가는 과정. 그 과정에서 새로움을 발견하는 기쁨. 그것이 어찌 설레지 않을 수 있겠나. 그때의 설렘은 벌판을 빠르게 달리는 기관차의 쿵쾅거림 같은 건 아니지만 편한 운동화를 신고 오솔길을 통통 뛰어가는 듯한 두근거림이다. 우리 부부의 하루하루를 한껏 즐겁고 활기차게 만들어주는 두근거림!

몽이,
그거 알아?
뭐용?
냥이?
'사랑'이란 감정의
유효기간은
3년 정도래.

......?
7년 6개월 째
?
?

이상하다~
난 냥이를 지금도
옴총 사랑하는뎅.
나도나도.
슥슥
우린
아닌가 봐.
그렇징?

어쩌면 사람들이 논하는 '사랑의 유통기한'이란 건
'설렘'이란 감정에 대한 것인지도 모른다.
콩닥
콩닥
한근
두근
세근
연애할 때
시간이 많이 흘렀기에
우리도 분명 처음 느꼈던 설렘의 감정을
지금 느끼지는 않는다.

하지만 지금의 우리는 또 다른 설렘을 안고 산다.
The 멋진 카페
몽이가 좋아할 거 같은데.
이야
냥이랑 다음에 꼭 와야징!
오두방정
호들갑
재밌겠다!!
그치? 넘 기대된다!

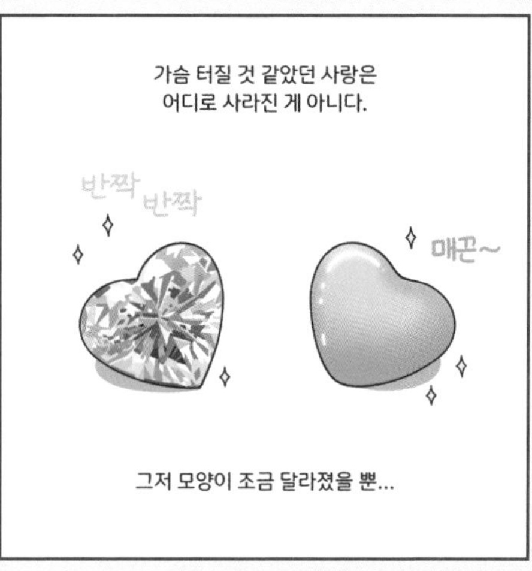
가슴 터질 것 같았던 사랑은 어디로 사라진 게 아니다.
반짝 반짝
매끈~
그저 모양이 조금 달라졌을 뿐…

편하고 따뜻해.
포근해서 좋아.
같이 있어서 너무 행복해!
꺄르르르르륵

예전의 풋풋함이나 뜨거움은 없지만 시간이 다듬어준 우리의 지금, 지금이 좋다.
우리 이따 고기 먹을까?
쏘맥 콜~
와~ 완전 좋아! 사랑해, 냥이~

밥을 먹는다는 것은

다행히 난 요리를 못하는 편은 아니다. 엄마한테 보고 배운 게 있어서 그런 것 같기도 하고 요즘은 인터넷에 레시피가 워낙 잘 나와 있기 때문이기도 하다. 따라만 하면 망하진 않으니까. 그래도 늘 일과 마감에 쫓기는 바쁜 워킹족인데다가 손이 느려 요리 시간이 오래 걸리다 보니 그다지 즐겨하진 않는다.

한 상 차리고 치우는 게 여간 큰일이 아니다. 엄마를 비롯한 전업주부님들을 정말 존경하는 포인트다. 해서, 혼자 있을 땐 간편식이나 샐러드 등을 정기적으로 배달시켜 먹거나 정말 대~~충 만들어 먹는다. 그냥 누룽지에 김치만 먹거나 밥에 참치캔 하나로만 때울 때도 많다(몽이는 할미 식단이라고 놀린다).

둘이 있을 때는 밖에 나가 사 먹기도 하고 배달시켜 먹기도 하지만 그래도 또 매일 그럴 수야 있나. 주말에는 번거롭더라도 몽이를 위해 종종 음식을 한다. 내가 여자라서 하는 건 아니고, 그냥 둘 중 더 잘하는 사람이 하는 거다. 몽이는 요리에 영 소질이 없다. 인스턴트 식품도 맛없게 만드는 마성의 손이다.

우린 하루 대부분의 시간을 떨어져 지낸다. 서로 일에 매달려 살다가 겨우 밥을 먹거나 술을 먹을 때 가장 가까이, 오래 붙어있게 된다. 힘들었던 일, 좋았던 일, 진솔한 대화들도 다 음식을 앞에 두고 나눈다. 먹으며 정을 쌓는 타입. '식구(食口)'라는 말이 괜히 생긴 게 아니겠지.

그렇게 하기 싫어하는 요리지만 몽이가 맛있게 먹어줄 생각을 하면 그래도 무거운 몸을 일으켜세워 부엌 싱크대 앞에 서게 된다. 달그락달그락- 부산스러운 소리와 향긋한 밥 냄새가 집 안에 퍼지면 가끔 기분이 좋아진다. 나 혼자였다면 나 스스로도 나를 안 챙겼겠지만 몽이가 있어, 몽이를 챙기듯 나 자신도 챙기게 된다. 몽은 귀찮아도 귀찮음을 무릅쓰게 만드는 유일한 힘이다.

열심히 땀 흘리며 밥하고 있으면 몽이가 반짝이는 눈을 달고 다가온다. 옆에 와선 어디서 사 온 재료인지 어떤 음식을 하는지 무얼 넣었는지, 작은(작진 않지만… 아니 완전 크지만!) 햄스터처럼 기웃거리다 뒤에서 꼬옥 안아주곤 한다. 그런 순간에는 보통 식재료나 칼을 손에 들고 있는 경우가 많아서 '저리 가라'며 떼어놓기 일쑤다. 하지만 몽이의 그런 모습이 정말 귀여워 다 팽개치고 나도 같이 안고 싶어진다. 이럴 때 가만 보면 몽이가 정말 아들내미 같기도 하다. 어릴 때 엄마가 음식하는 모습을 옆에서 구경하다가 미리 한입씩 주워먹으며 엄마를 귀찮게 하곤 했던 기억도 떠오른다.

몽이가 좋아하는 것들로 이것저것 차려놓으면 수저와 앞접시 챙기기를 거들며 궁둥이를 씰룩거리는 몽이. 맛있는 음식 앞에 서면 유난히 더 행복해하는 궁디. 나는 이걸 '신난 궁둥이'라고 부른다.

우리는 식탁에서 마주 보고 앉지 않는다. 의자 두 개를 텔레비전 쪽으로 바라보게 두고 옆으로 나란히 앉아 밥을 먹는다. 텔레비전 보기 편한 것도 있지만 밥을 먹다가도 어깨에 기대거나 손을 잡을 수 있어 좋다. 식사 중에도 소홀할 수 없는 애정표현이다. 표현이 적은 나는 내가 손수 만들든 사먹든, 맛있는 걸 먹어도 속으로 '맛있네' 생각하고 만다. 입 밖으로 꺼내어 감정을 표현하는 데 서툴다. 뭐, 내 느낀 점을 굳이 말로 해야 하나 싶어 그다지 입 밖으로 꺼내지 않는다. 하지만 감수성이 풍부한 몽이는 한입 입에 넣고도 아주 크게 "으~~~~음~~~~~~!! 냥이, 너무너무너무너무 맛있당!"하며 아주 우렁찬 목소리로 칭찬한다.

"다음에도 해줘!"

이런 무서운 애교는 덤! 그럴 땐 "다음에 또 이걸 만들라고…?" 하면서 과장된 표정으로 째려본다. 고작 밥 먹으며 발산하는 몽이의 표현조차 처음엔 너무 오그라들고(?) 유난스럽고 어색했다. 그러나 이젠 몽이의 표현이 안 나오면 서운할 지경이다. 말없이 잠자코 먹으면 '맛이 없나…?' 싶어 "맛있어? 몽이야, 맛있니?" 재차 묻는다.

'남편이 먹는 것도 미워 보이면 정말 미운 거다.'라는 말을 들은 적이 있다. 그럼 난 몽이를 정말 사랑하나 보다. 오물오물 먹느라 들썩이는 두툼한 입술을 보면 그게 참 예쁘다. 건강히 맛있게 먹는 모습이 고맙다. '잘 먹어서 보기 좋다', '잘 먹어서 예쁘다'는 말이 새삼 와닿는다.

한번은 우리 둘 다 굴을 먹고 탈이나 2주 넘게 밥을 제대로 못 먹을 때가 있었다. 또 한번은 몽이가 아파서 며칠 입원해 있느라, 음식을 하나도 입에 못 댈 때가 있었다. 그렇게 좋아하던 것도 못 먹는 몽이를 볼 때, 마음이 참 안 좋았다. 타인이 먹지 못한다는 게 내 마음에 생채기를 낼 수도 있는 거구나, 사랑이라는 게 그런 거구나 처음 깨달았다. 사람이 아프면 입맛이 없을 수도 있는 건데, 왜 그렇게 몽이가 못 먹는 건 속이 상하든지! 자식에게 밥 한 숟가락이라도 더 먹이려고 애면글면하는 부모의 애끓는 심정이 이런 걸까? 누군가의 아픔이 고스란히 내게로 전해져 애틋함으로 꽉 차는 것. 밥 잘 먹는 것만 봐도 한결 걱정을 내려놓을 수 있는 것. 사랑은 이토록 선명하고 단순하다.

먹기 위해 사는 건 아니지만, 어쩌면 먹는 것이 기본이고 전부일 수도 있겠다. 그 어떤 고결함으로 치장하더라도 삶의 모든 과정은 결국 먹고 사는 문제니까. 식탁 위에서의 풍경만 보면 잘살고 있는 건지, 아닌 건지 단박에 알 수 있다.

사소한 부부 싸움을 하고 나면 식탁 위의 음식부터 싸늘히 식어버린다. 누구 하나 아프기라도 하면 식탁 위의 음식 종류가 먼저 바뀌고, 마음이 식으면 음식조차 성의 없고 건성이 되어버린다. 특별한 날에는 가장 먼저 음식에 신경을 쓰고, 사랑하는 사람이 생겼을 때 가장 먼저 해주고 싶은 것도 손수 차린 밥이다. 별거 아닌 것 같은 그냥 한 끼 밥. 한 끼니의 음식. 그러나 밥을 먹는다는 것은 결코 사소하지 않다. 사랑의 시작이고 전부다.

살결

몽이 살에서는 아기 냄새가 난다. 내가 하도 아기라 불러서 그런가? 정말 달달한 아기 파우더향 같은 게 나는 거 같다. 그 향이 너무 좋아, 매일 목덜미에 코를 박고 킁킁킁댄다. 뺨에도 코를 박고 킁킁. 아무 때고 킁킁대며 그의 냄새를 맡는다.

몽이도 똑같이 내 냄새를 맡느라 킁킁댄다. 어쩌다 한가로이 붙어있을 땐 종일 강아지처럼 서로 킁킁거리느라 바쁘다.

"음~ 몽이 냄새."

"흠~ 냥이 냄새."

공원에서 만난 낯선 강아지들처럼 서로 냄새를 맡는 우리 둘을, 모르는 이가 보면 미친 사람들이라 생각하지 않을까? 하지만 괜찮다. 우리는 우리 둘만의 공간에서 충분히 안전하게 밀폐되어 있으니까.

몽이는 몸매도 아가 몸매다. 배도 톡 튀어나왔다. 팔다리도 두툼하고 엉덩이도 토실토실하다. 너무 귀엽다. 살들이 밀집된 곳은 특히나 말랑말랑해 새우깡처럼 자꾸만 손이 간다. 코로는 냄새 찾기에 열중한다면 두 손은 열심히 여기저기 쪼물딱쪼물딱거리느라 바쁘다. 와앙! 한입 베어먹을 수만 있다면 정말 그러고 싶다.

(출근할 때 제발 엉덩이만 두고 가라고 할 때도 많다. 탈부착 안 되나요…?)

이런 나를 보며 몽이는 '변태 냥이'라 부르지만 어쩌겠어, 만지지 않고는 못 배기겠는걸. 입술은 두꺼워서 감촉이 얼마나 폭신폭신한지. 쪽! 뽀뽀하면 커다란 쿠션에 떨어진 것처럼 폭 파묻힌다. 내 입술도 '썰면 세 접시'라고 놀림받을 정도로 도톰한지라, 우리의 뽀뽀는 퐁신퐁신! 뽀뽀 케미가 장난 아니다.

우리만의 아늑한 공간에서 껴안고 뽀뽀하고 만지작거리고 있을 때는 서로에게만 온전히 집중할 수 있어서일까, 어느 때보다 마음이 편안하고 말랑말랑하다. 마치 이 살들을 쓰다듬고 깨물러 세상에 나온 것처럼 미세한 촉감이 생생히 살아난다. 여린 솜털 하나하나까지도 세세히 다 셀 수 있을 정도의 예민함을 발휘한다. 미끄러지듯 부드럽게 매끈한 살을 만진다. 시간은 순식간에 날아가버린다. 같은 공간에 있더라도 살이 닿지 않은 채 서로가 멀찍이 떨어져 있다면 공기의 온도는 훨씬 차가웠으리라. 우리의 체온과 똑같이 데워진 공기는 편안하고 포근하게 코끝까지 감싸준다. 침대, 식탁, 거실, 각자의 방. 우리 집 구석구석 어디든 따스함이 배어있는 건 우리의 살결이 닿을 때마다 빚어낸 충만함과 애틋함의 입자들이 공기 중에 가만히 스미어 있기 때문이다. 달아오른 온기가 천천히 내려와 앉고, 켜켜이 쌓여 오래도록 우리 살결에 머물기 때문이다.

쓰담쓰담. 격정적인 사랑을 나누지 않더라도 서로 가까이에서 쓰담쓰담해주는 손길만으로도 내재된 상처와 외로움을 달랠 수 있다. 내가 너를 많이 생각하며, 많이 사랑하고 있다는 마음을 전할 수 있다. 언제 어디서든 내 몸에 '착붙'하는 몽이의 손. 몽이가 만지는 내 살과 내 머릿결은 그 손길로 위로받는다.

"나는 한결같이 너의 곁에 있어, 이렇게."

그의 입은 말을 하지 않지만 그의 손길이 내게 말을 해준다. 나의 손길도 몽이의 살과 머릿결을 따라 흐르듯 매만진다.

"나에게는 오직 너뿐이야, 이렇게. 편하고 익숙하지만 또 그래서 사랑스러운 내 살점."

나는 '부부끼리, 가족끼리 그런 거 하는 거 아니야.'라든가 '장모님 딸이랑 그런 거 하는 거 아니야!' 같은 농담을 싫어한다. 아니, 본인들이 좋아서 연애하고 결혼도 해놓고 장모님 딸이라니? 웃자고 하는 말을 너무 다큐로 받는 걸지도 모르지만, 솔직히 별로 유쾌하지가 않다. 뭔가 밖에서 배우자를 깎아내리는 듯한 느낌도 들고. '아니 그럼 이 좋은 걸 누구랑 해요? 옆집 사람이랑 해요?' 되묻고 싶기도 하다.

(왠지 쓸데없이 진지하다고 핀잔이나 들을 것 같긴 하지만….)

왜 부부 사이를 그런 말로 비하하는 건지 도통 모르겠다. 사실은 좋으면서, 사랑하면서, 밖으로 드러내기 쑥스러워 그런 거라고, 맘속으로 내 멋대로 믿어버린다.

나는 중독됐다.
헤롱헤롱
그의 온도니에...

그래서 수시로 온도니를 요구한다.
벌컥
온도니 보여조라!!
온
도
니
온도니 온도니
온돈 온돈

악!
캬악
왜 자꾸 온도니에 집착해!!
귀찮게 증말
음...그거야.
말랑하고... 쫀득하고...
헤헤

그냥 좋으니까!!
니가 찌찌 조아하는 고랑 똑같지!!!
아항!
납득
구러니깐!
보여조라!!
끙

알았오...
자~
싫다면서 포즈는 다 잡아 죾ㅋㅋㅋ
악
ㅋㅋㅋㅋㅋ

내가 없으면, 네가 없으면

가끔 몽이가 없다면 어떨까 상상한다. 삶의 반대가 꼭 죽음은 아닐 텐데도, 잘살고 싶다는 생각이 들수록 죽음에 대한 상상을 더 구체화하게 된다. 특히 몽이나 내가 죽어 없어지는 상상은 꼬리에 꼬리를 물며 넷플릭스 드라마처럼 회차를 거듭한다.

'몽이가 갑자기 죽을 병에 걸린다면? 당장 오늘 출근길에 사고가 난다면? 내가 갑자기 인사도 제대로 못 하고 떠난다면…?'

말도 안 될 만큼 나쁜 생각들이 한번 머릿속에 똬리를 틀면 종종 온갖 가정을 만들어내며 비극적인 소설을 써 내려 가버린다.

'우리가 같은 학교를 가지 않았다면, 그때 그 모임에서 다시 만나지 않았다면, 결혼하지 않았다면, 몽이와 나 그대로 비혼으로 살았다면…?'

왜 이런 '만약'이라는 가정이 자꾸 떠오르는지 모르겠다. 부정적인 가정이 불안만 키울 뿐이라고 사람들은 걱정하지만 도무지 쉽게 멈춰지지 않을 때가 많다.

결혼해서 행복했고, 지금도 행복하지만 한번도 몽이와의 결혼을 후회하지 않았다고 자신있게 말할 순 없다. 분명히 어떤 날은 마음 가득 차 있던 행복감과 안정감이 보잘것없을 만큼 작게 쪼그라든 날도 있었다. 후회와 원망이 커다랗게 자리를 차지하고 괴롭혔던 날도 있었다. 싸워서 후회한 날, 서로에게 실망한 날, 괜시레 몽이에게 서운한 날, 결혼이란 제도가 여성에게 가하는 불합리함에 화가 치밀었던 날, 그냥 이유 없이 친정이 그립고, 자유롭게 살았던 옛날로 돌아가고 싶었던 날.

몽이도 같을 거다. 아무리 사랑한다지만 꼼짝없이 보이지 않는 끈으로 묶여버린 우리가 가끔은 답답하고 지겨운 날도 있을 테지. 묶여있어 의지가 되고 편할 때도 있지만 때로는 옴짝달싹 못하게 된 연결고리가 갑갑할 때도 있다. 아름다운 구속도 구속이라고, 가끔 끊어버리고 어딘가로 훌훌 도망치고 싶을 때가 왜 없을까? 사람인데!

내가 그런 생각을 갖는 것을, 몽이가 그런 생각을 하는 것을 당연하다고 여긴다. 우리는 서로를 충분히 이해한다. 원래 인간이란 게 가보지 않은 길에는 늘 미련을 갖기 때문이다. 죽일 놈의 상상력은 남의 떡이 더 커 보이게 하고 가보지 않은 길을 더 아름답게 왜곡하니까.

“우리가 결혼하지 않았으면 어땠을까?”

몽이도 나도 이런 질문을 자주 한다(몽이는 if를 주제로 대화 나누는 걸 특히 좋아한다).

"음, 난…. 일단 작가 같은 건 못 됐을 거야. 맨날 툴툴대면서 꾸역꾸역 회사 다니지 않을까? 몽이 없으면 몽냥툰도 없잖아."

"그렇지."

"전처럼 회사 다니며 돈 벌었을 듯. 결혼은 했을 거 같기도 하고 안 했을 거 같기도 하고? 모르겠네. 그냥 옛날이랑 똑같았을 거 같아."

"난 냥이 안 만났음 아직도 결혼 안 했을걸?"

"응, 몽이는 사당에서 술 먹고 노느라 정신없었을 듯."

"하하. 맞아. 외제차나 뽑아서 끌고 다니면서 흥청망청 돈 쓰고 연애나 하고 말야."

내가 없고 몽이가 없었을 나와 몽이의 삶을 그려본다. 천성이 착하고 겁이 많아 나쁜 선택을 하지는 않았을 두 사람. 우리가 서로 못 만나서 더 잘살았을 수도 있다(더 잘 사는 게 뭔진 모르겠지만). 서로의 존재를 모른 채 어딘가에 있을 짝꿍을 그리워만 하다가 늙어갈 수도 있다. 죽을 때까지 몽이를 만나지 못했다면 또 그런대로 살아지지 않았을까? 사람 일은 알 수 없으니. 내가 몽이보다 더 나은 남자를 만나거나 몽이가 나보다 더 나은 여자를 만났을 수도 있었겠지. 그럼 우리는 지금보다 더 행복했을까? 우리가 서로의 인생에 없는 게 더 괜찮을지도 모르는데, 그래도 서로가 없는 상상 속의 우리는 그다지 행복하지 않은 모습이다. 조금 아쉽고 슬프기도 하다.

"난 다른 남자랑 결혼했어도 그 남자를 몽이라고 부르며 그림을 그리지 않았을까?"

“흥! 말도 안 됨. 과연 다른 남자가 몽이처럼 귀여울 거 같아? 나니까 귀여운 거야.”

“저 미친 자신감은 대관절 어쩔 거냐…?”

“사실이니까! 몽이는 나만 할 수 있어!”

“몽이는 졸업하고 소개팅도 못 해보고 나 만나서 아까워 우짜노?”

“솔직히 그건 나도 좀 아쉽긴 한데…. 어쩔 수 없지. 냥이 놓치면 후회할 거 같았거든.”

괄호가 빠져 도무지 계산이 되지 않는 수학 공식처럼 이런저런 변수를 대입해보고 여러 번 재고 따져봐도 몽이와 내가 없는 우리의 삶은 구멍이 뻥 뚫린 것처럼 어딘가 부족하고 어색하다. 10년이 가까운 긴 시간 동안 우리에게 스며든 사랑은 가치관, 습관, 태도, 꿈, 심지어 직업까지도 바꾸며 서로에게 너무나 많은 영향을 주었다. 나에게서 몽이를 뺄 수 없고 몽이에게서도 나를 뺄 수 없다. 퍼즐의 마지막 한 조각을 찾아서 끼운 것처럼 서로의 존재를 확인한 순간 비로소 자신의 그림을 완성시킨 거다. 인연이란 게 가끔은 기적 같다.

“몽이는 나 죽으면 잘 살 수 있어?”

“아니?? 난 냥이 없음 못살징.”

“거짓말. 바로 새장가 들 거 같은데.”

“아니야~~냥이 아니면 난 아무것도 아닌데. 난 바보야.”

나 없으면 못산다는 몽이의 말에 나는 더 이상 대화를 이어가지 않지만 말하지 않아도 몽이는 내 마음을 안다. 나도 몽이 없으면 아무것도 아닌 사람이라는걸. 몽이와 냥이는 몽냥일 때만 의미를 갖는 하나의 캐릭터인걸.

mong_nyang_cartoon

몽이...
곰곰
몽이는 나 죽으면
재혼할 거지??
뭐래...
아니~!

구랭?
난 냥이 없음
못살오.
난 죽으면 귀신되서
몽이 맨날 지켜볼거야.
몽이~ 저X 누구냥~
히익

그러는 냥이야말로
나 죽으면 재혼할 거잖아.
뿡뿡
아니거든~ 미쳤냐~
이 짓을 또 하게?
뭐...?
앙

난...
난
냥이가 키우는 강아지로
환생할꼬양.
훗
뭐...?
왜...?
너 지금도
개야...

개가 돼서!
냥이가 집에
데려오는 남자들마다!
고@를 물어
뜯어버릴꼬양!
콱!
꺅

당황
.........???
뭐지 이 개같은
발상은...?
두근
딱
딱
딱
X신 같지만
멋있어...!

너를 기다리며

아침에 일어나면 몽이가 없다. 새벽 일찍 일어나는 습관이 들어 늘 아침 일찍 출근하는 몽이. 짧은 하루 중 우리가 같은 공간에 붙어있는 건 절반. 그마저도 잠을 자느라 절반의 절반도 서로를 눈에 담지 못한다. 결혼해 매일 같이 살면서도 저녁마다 늘 '보고 싶었어'라고 말할 수 있는 건 진짜 물리적으로 얼굴 보는 시간이 적어서다.

몽이가 걷어놓은 커튼 사이로 강렬한 햇빛이 쏟아진다. 이 창에 어둠이 찾아올 때야 우리는 다시 만난다.

몽이가 남긴 흔적들을 바라보며 몽이를 향한 나의 하루 치 기다림을 시작한다. 싱크대엔 몽이가 버린 바나나 껍질과 주스를 담아 마셨을 빈 텀블러가 놓여 있다.

'아, 아침에 이거 먹고 나갔구나.'

살짝 열린 옷장과 서랍장들도 닫는다. 떨어져 있는 티셔츠도 주워 걸어놓고.

현관에 신발들이 흐트러져 있는 걸 보면 차 시간에 쫓겨 급하게 나갔거나 뭘 두고 나가서 다시 들어왔다 뛰어나간 게 분명하다. 치밀하지 못한 몽이는 늘 군데군데 흔적을 남긴다.

출근할 때 우당탕 뛰어나가는 건 참 나랑 비슷하다. 이제는 내가 출근을 하지 않아서인지 그 모습이 왜 이리 재밌어 보이는지 모르겠다.

일과 시간 중엔 몽이가 드문드문 인스타그램으로 디엠을 보내온다. 대부분 별다른 말없이 보내는 동물 영상이나 사진이다. 고양이, 강아지, 햄스터, 토끼, 기니피그 등등. 귀여운 동물을 참 좋아하는 몽이와 나. 우리 둘 다 동물을 너무너무 좋아하지만 아직 아이를 갖기 전이고 세 들어 살다 보니 어떻게 환경과 조건이 변할지 몰라 반려동물은 들이지 않고 있다. 그래서 귀여움에 대한 욕구 충전(?)은 아쉽지만 사진과 영상물로 대체한다.

하루에 수십 장씩, 동물 컨텐츠 디엠 보내는 게 이젠 습관이 되어버려서 둘 다 말없이 사진 메시지를 보낸다. 이 디엠들이 일어났다, 잘 있다는 신호이기도 하다.

'이따 몽이 집에 오면 같이 한번 더 봐야지.'

'이건 몽이한테 직접 보여주고 싶어.'

강아지랑 고양이가 우리처럼 껴안고 핥고 있는 영상이나 기니피그가 담요에 싸여 포근히 누워있는 사진을 발견하면 꼭 책갈피를 걸어둔다. 몽이랑 같이 푹신한 침대에 누워 함께 볼 시간을 고대하면서.

오후 1시.

몽이는 점심시간이 끝나고 다시 일하려고 자리에 와 앉을 시간이고 나는 집에서 한창 작업에 몰두하고 있을 때다.

결혼 전에는 '지금 자면 6시간 잘 수 있네', '7시간 잘 수 있네' 하면서 취침 시간을 기준으로 시간을 재던 습관이 있었다. 이 의미 없는 시간 계산법이 결혼 후 달라졌다. '5시간 후면 몽이가 집에 오네', '3시간 후면 몽이랑 같이 밥 먹겠네'로 시간을 잰다. 나름 의미있게 바뀐 셈.

수년째 함께하고 같이 산 사람인데도 반나절 떨어져 있다고 언제 오나 시간을 재고 있다니. 참 우리의 사랑은 오래오래 깊어가는구나.

일하며 중간중간 음식도 하고 모바일로 장도 보고 설거지도 하고 단순한 집안일도 한다. 집에서 가만히 앉아서 일하다 보니 허리가 안 좋아져서 조금이라도 움직이려고 애쓰는 편이다.

'어제 그 영화 보면서 와인 한잔 한 거 너무 좋았는데.'

'딸기 한 박스 싸게 샀으니 저녁에 몽이랑 먹어야지.'

'몽이가 이거 좋아하겠지?'

몽이랑 같이 먹을 음식을 만들고 몽이가 먹고 싶다고 무심코 말한 과일을 사고, 간밤에 몽이랑 함께 먹었던 과일 그릇을 닦으며 몽이와의 시간을 재생한다. 매일 똑같은 하루를 맞고 하루를 보내지만, 그 사소한 일상 속에서도 우리의 사랑을 발견한다. 특별하거나 요란하지 않게, 무채색으로 어우러진 우리의 사랑이 촉촉하게 스며 있다.

열심히 작업하고 운동도 하고 낮 시간을 보내면 어느덧 몽이가 집으로 돌아올 시간. 주차장에 차 들어오는 소리, 도어록 버튼 누르는 소리가 이미 들려온다. 오늘도 무사히 몽이가 나에게로 돌아왔다.

4부

한결같아야 찐 사랑

뱃살

한때는 우리도 탄탄하고 마른 몸매를 소유했던 시절이 있었다. 몽이는 어린 시절부터 통통과 마름 사이를 왔다 갔다 했지만 군대를 다녀오면서 본격적으로 몸 만들기의 재미를 알게 됐다고 했다. 한번 몸을 만들어보고 나니 운동을 좋아하게 되었다고. 매일은 아니어도 운동을 꾸준히 하는 편이다.

나는 태생이 모태 마름인지라 인생의 대부분을 마름과 날씬함 사이에서만 살아왔었다. 그런데 어느 날부터인가 더 이상 마름과 날씬함 사이에 내가 없었다. 보통과 통통함 사이 어딘가에서 머물다 그 자리마저 오래 지키지 못할 처지에 놓였다. 몽이와 나는 한 살 한 살 나이를 먹어갈수록 한 겹 한 겹 뱃살을 무슨 우량주처럼 꾸준히 모아나가고 있었다. 거울 속의 우리는 한껏 살이 올라, 날렵하고 싱싱한 청춘의 모습을 조금씩 반납하고 있었다. '이렇게 성격 좋은 아줌마 아저씨로 둥글둥글 살아가야 하는 건가' 싶을 만큼 탄탄한 몸매는 아득

한 과거의 일, 젊은 날의 한때 추억처럼 멀어져 갔다. 나름 관리(?)를 하긴 했다. 하지만 그 정도 관리로는 현상 유지조차 어려웠다. '연애하면 살찐다, 결혼하면 살찐다'는 말을 몸소 증명이라도 하듯, 연애 시절부터 1, 2kg씩 야금야금 살을 찌워나갔다. 결혼 후에는 몽이도 나도 5kg 넘게 불어났다.

평생 가져본 적 없던 뱃살, 옆구리 살이 생기자 분명 내 몸인데 내 몸 같지가 않았다. 내가 나를 데리고 다니기 힘들 정도였다. 임신 6개월은 된 듯 남산만큼 불룩해진 몽이 뱃살은 말할 것도 없었다. 보고 있자면 절로 푹푹 한숨이 나왔다. 우리가 얼마나 행복하게 사는지를 경쟁하듯 뱃살로 보여주려는 것 같아 헛웃음이 나기도 했다. 나이가 들어 자연스럽게 군살이 찐 것도 있겠지만 마음 편하고 잘 먹고 잘 자니 살도 찌는 것 아니겠는가.

"우리 조상님 무덤이 여깄네~"

"몽이, 빨리 순산하자. 태중에 아가가 5년 넘게 6개월이야."

"도대체 뭐가 들은 거야? 공기 반 사랑 반?"

나는 소파나 침대에 나란히 누워 몽이 배를 쓸어 담으며 한참을 놀린다. 푹 찔러도 뽁하고 다시 튀어나오는 옆구리, 주물럭주물럭 한참을 만지작거려도 변함없는 탄력과 그립감을 유지하는 뱃살. 물이 가득 든 물풍선을 주무르는 듯 띠용띠용한 그의 뱃살 텐션은 중독성을 불러일으키기에 충분하다.

"오? 냥이는 이거 뭐야? (쭈욱) 냥이는 뱃살 없었는데."

"냥이 요즘 잘 먹나보네."

"냥이 뱃살은 뽈록뽈록해."

"마카롱 필링 튀어나온다."

몽이도 가끔 내 뱃살을 놀린다. 없던 게 생기니 신기하기도 하고 반갑기도 한가보다. 뽈록 나온 뱃살을 무슨 반려동물마냥 바라본다. 그래도 나의 세심하고 착한 몽이는, 내가 아무리 자기 뱃살을 가지고 장난을 쳐도 허허 웃으며 '거대하지?', '웅장하지?' 하며 맞장구쳐주는 데서 그친다. 기분 나빠하거나 화를 내지 않는다. 복수한답시고 내 몸을 가지고 놀리거나 지적하지 않는다. 오히려 가끔은 더 살쪄도 괜찮다고 말해준다. 내가 아직도 말랐다 생각하는 건지, 기분 나쁠까 봐 배려해주는 건지는 모르겠다. 어쩌면 아직도 콩깍지를 벗지 못한 걸지도 모르겠다.

"냥이는 너무 조금 먹어서 걱정이야. 앙상한 거 봐. 살 좀 찌워ㅜㅜ"

말이라도 그렇게 해주는 몽이가 고맙다. 내 살들에 대해 나보다 더 깐깐한 남자는 좀 별루니까.

나도 그런 몽이가 사랑스러워 마지막에는 늘 훈훈한 마무리를 곁들인다.

"몽이! 뱃살은 인품이라잖아. 둥글둥글 착해 보여서 좋아."

"이제는 몽이한테 뱃살이 없으면 낯설 것 같아. 만질 것도 없고 무슨 재미로 살아!"

그의 건강이 염려스러워 체중 감량 좀 했으면 하는 바람이 있지만 이 풍성한 뱃살이 없어진다면 진심 서운하긴 할 것 같다.

배 나온 아저씨는 정말 싫다고, 질색이라고 생각했던 날들도 있었다. 그러나 사람은 변하고 생각은 바뀐다. 과거의 나는 배 나온 몽이를 몰랐을 때고, 현재의 나는 배 나온 몽이를 사랑하는 중이다. 배 나온 몽이를 사랑하다 보니 이 세상에 배 나온 모든 사람들에게도 조금은 너그러워지려고 한다. 어쩌겠나? 배 나온 몽이가 귀여워보이기까지 하는 걸 보면 나도 아직 콩깍지가 안 벗겨진 것 같은데. 건강을 해치지 않는 선에서라면 지나친 잔소리는 삼가고 그저 서로를 바라봐주자. 변해가는 서로의 몸을 느끼고 알아가고 한결같이 사랑해주자. 뱃살이 많다고 해서 이제와 다시 참치로 태어날 수는 없지 않은가.

하하~ 몽이 임신 6개월~
주물주물
우리 애깅 언제 나와?
곧 나올거양.
대체 언제
지금 6년 넘게 안나오는데...

그럼 태동 한번 느껴보장.
크크
꾸르륵
우르르
쾅
쾅

태동이 아니라...
동이 느껴지는구나...
빨리 가서
동이나 싸렴.
챗

보이지 않을 때도 사랑해야지

타고난 '게으름 수치'가 높은지라 내 한 몸 건사하기도 귀찮을 때가 많다. 그나마 허술함까지 겸비한 몽이에 비해서는 낫지만, 집안일은 그야말로 대충대충 하거나 안 하고 뭉개는 경우가 다반사다.

TV나 인터넷 커뮤니티에 흔히 나오는 '지저분한 누나 방'의 주인공처럼, 결혼 전엔 누가 봐도 심하다 느낄 정도로 청소나 정리정돈이나 건강관리 등 내 뒤치다꺼리를 하지 못했으니까.

(부끄럽지만 집에 놀러 왔던 손님한테 '너 여기 살다 병 걸리겠다.' 소리까지 들었다!)

자취 내공이 쌓이다 보니 조금씩 부지런해지긴 했지만, 그래도 친정엄마가 보시면 등짝 스매싱과 함께 잔소리 한 바가지를 투하할 만큼 귀차니즘의 습관은 불쑥불쑥 튀어나오곤 했다.

화장실 앞 바닥에 벗어 던진 티셔츠와 양말, 아무렇게나 벗어놓은 외투, 대충 먹고 대충 던져놓은 과자봉지, 늘 헝클어져 있는 이부자리. 화장대에서 이것저것 수북이 꺼내놓은 립스틱과 뚜껑조차 닫지 않은 각종 스킨과 로션들.

특히 '건강 따윈 모르겠고 대충 배만 채우면 그만'이라는 식으로 아무거나 허름하게 때우던 식습관은 그야말로 귀차니즘의 표본이었다.

밖에서는 차갑다, 냉정하다는 소리를 들을 만큼 완벽주의자인 내 뒷모습은 이렇듯 이중적이었다. 나 자신조차 방치하던 나를, 몽이는 몽이의 방식대로 조용하고 은밀하게 챙겨주곤 했다. 사소한 것이라서 남들은 결코 알 수 없겠지만 나만이 아는 몽이의 세심함은 내 생활 곳곳에 배어있다.

잠결에 그가 이불을 덮어주고 내 머리칼을 쓸어 넘겨주는 듯한 느낌이 들 때
내가 차버리고 나간 이불이 평평하고 가지런하게 침대 위에 펴져 있을 때
마구 벗어던져서 바닥에 떨어져 있던 옷들이 잘 정돈되어 개켜 있을 때
쓰고 난 수건이나 양말이 세탁 바구니에 들어있는 걸 발견했을 때
괜히 샀다, 맛이 별로다 했던 과일을 꿀과 함께 갈아서 맛있는 주스로 만들어 주었을 때
환골탈태한 과일주스가 나도 모르게 내 텀블러에 담겨 날 반길 때
화장대나 화장실 도구들이 가지런히 정리되어 있을 때
혼자 볼 일 있어 다녀온 낯선 곳에서 내 생각났다며 맛집 음식 사다줄 때
몸에 좋다는 영양제를 하나하나 챙겨줄 때

그럴 때 나는 내가 모르는 사이에도 그가 나를 생각하고 나를 위해 마음을 써주고 있다는 걸 느낀다. 내가 몽이 눈앞에 없거나 잠들어 있을 때도 그가 나를 생각해주는 것 같아 고맙기만 하다. 사랑한다는 말도 물론 좋지만, 다정한 마음 씀씀이와 진심 어린 배려는 상대를 감동시킨다. 내가 보고 있지 않을 때도 나를 위해 작은 행동들을 하는구나 알게 되면 말할 수 없는 감동이 전해진다. 마음이란 그런 것이다. 한번의 울림이 소중한 거다.

여자든 남자든, 상대에게 진심을 전달하려면 말보다는 역시 행동이다. 보이지 않는 곳에서도 늘 한결같은 행동을 하는 것이다. 마음을 겉으로 드러내는 가장 좋은 방법. 몇 마디 겉치레 말보다는 빨래 한번 개키는 거 아니겠는가. 집에 아무도 없을 때 시키지도 않았는데 빨래와 청소를 다 해놓는 것 아니겠는가. 서로가 서로에게 엄마와 아빠가 된 듯이 알게 모르게 챙겨주는 거, 그게 바로 어른들의 사랑이다. 사탕바구니 주면서 생색내는 게 아니고.

가끔 남자들이(가끔은 여자들도) 참 바보 같다고 여겨질 때가 있다. 사랑한다는 말은 낯간지러워서 못하겠다고 하고, 가사일은 서툴러서 못하겠다고 한다. 그렇다고 마음을 돈으로 표현할 만큼 부자도 아니면서 그냥 상대가 내 마음 알겠거니 한다. 꼭 마음을 표현해야 아냐고 반문하기도 한다. 표현하지 않는 마음을 무슨 수로 알아내란 말인가. 독심술을 가진 것도 아닌데!

또 어떤 사람은 눈앞에 보일 때만 하는 척한다. 뻔히 수가 보이는 데도 마지못해 도와주는 척한다. 눈앞에 없을 때는 연락도 안 되고, 마치 상대방은 안중에도 없는 듯이 행동한다. 그러면 마음까지 의심할 수밖에 없다. 신뢰를 쌓기는 힘들지만 무너지는 건 한순간이다. 보이지 않을 때도 한결같아야 찐(!)이다.

mong_nyang_cartoon

진실한 너의 사랑을 느꼈던 때는
냥사
몽사

한껏 차려입고
쇼핑 다녔을 때도 아니고
어, 이거 예쁘당!
냥이 맘에들면 사자!

값비싼 선물을 받았을 때도 아니야.
어때?
맘에 들어용?
꺄
몽이 최고!

분위기 좋은 고급 레스토랑에서
멋진 식사를 할 때도
냥이, 자.
건배~

~ 현실 ~
드르렁
출근 준비 중
!

휙
왜 이러고
자는고양?
휙
이불 잘 덮고
자야지...
토닥
토닥

쪽
갔다
올게
헤롱

내가 모를 때도
나를 따뜻하게 보듬어주던 그 순간,
그리고 그 후에 남은
너의 온기를 느꼈을 때야.
킁킁
아
몽이 냄새...

추운 겨울, 그리고 소주

술을 워낙 좋아하는 우리는 연애할 때 '맨정신인 날이 거의 없었다'고 할 만큼 술을 자주 마셨다. '술로 만나 술로 결혼했다', '우린 아마 술에 너무 취해서 결혼한 건지도 몰라' 같은 우스갯소리를 할 정도.

"냥이는 내가 술 안 마셨음 결혼했을까?"

"풉, 결혼은 무슨. 연애도 안 했겠지."

"냥이는 정말 술을 사랑하네…."

"응~ 나 찐 알콜러버잖니."

술이 좋다. 그냥 술이란 액체가 좋기도 하고, 술안주가 좋기도 하고, 술집의 그 어둡고 노란 조명이 좋기도 하다. 차가운 것이 뜨거움으로 치환되는 후끈한 과정도 매력적이고, 술에 몸이 점점 스며들며 몸이 방방 뜨는 듯한 느낌도 좋다.

몽이와 조명 밑에서, 금세 잊힐지라도 당장 말하지 않고는 못 배길 사랑의 말을 속삭이는 것도 좋다. 우리의 미래에 대해 도란도란 이야기 나누며 서로의 얼굴을 깊숙이 들여다보고 어지럽게 빨려들어 가는 시간을 갖는 것도 좋다. 일상에서는 이렇게 진지하게 바라보고 대화하는 시간을 내기가 쉽지 않으니까.

"냥이랑 한잔 할 때가 제일 행복해."

몽이도 비슷한 말을 종종 한다. 둘 다 애주가라서 일상 중 가장 행복한 순간이 함께 술 한잔 기울일 때다.

특히 요즘은 나이가 들긴 들었는지 다음날 찾아오는 두통과 숙취가 싫어졌다. 떼로 모여 '부어라, 마셔라' 하기보다는 음식이나 분위기를 더 중요하게 생각하게 되었다. 주로 와인이나 독주를 짧게 마신다. 폭음하는 일은 많이 없지만 최근까지도 내가 가장 좋아했던 건 명실상부 국민 술인 소주였다. 차가운 소주 한잔과 따끈한 음식이야말로 모든 희노애락을 씻겨주는 최고의 애인이라고 말할 만큼 소주 애정자다(뭐, 물론 요즘도 음식에 따라 소주 한잔 하는 걸 즐긴다).

오래 함께 지내다 보니 우리가 좋아하는 단골 술집들이 있다. 술집 취향도 서로 맞춰지고 닮아가서 소주 한잔이 생각나면 똑같이 '거기!'하며 똑같이 어울리는 곳을 찾아낸다. 이젠 여기저기 이사를 다니고 직장도 바뀌어 쉽게 가지 못하는 곳이 대부분이지만 가끔 큰맘 먹고 시간을 내 소주와 추억을 마시러 일부러 가곤 한다.

"냥이랑 오돌뼈에 딱 소주 마시면 캬~직인다~"

"그거 먹고 우리 00가서 2차 하자."

척하면 척인 우리의 술집 유랑은 생각만 해도 즐겁다. 가기 전에 미리 술 마시는 상상만 해도 벌써 가슴이 두근두근 설렌다. 신이 난 우리는 손가락으로 빈 술잔을 쥐고 허공에서 술 마시는 시늉을 하며 크으~, 캬~ 소리를 낸다. 술집에 도착하기도 전에 이미 기분만으로 만취다.

소주는 무언가 차가운 이미지를 가졌다. 여름에 갓 냉장고에서 꺼낸 시원한 얼음맥주를 떠올릴 때와 비슷하다. 그러나 그 차가운 소주가 몸속으로 들어가면 찌르르 온몸이 뜨거워진다. 맥주는 마실 때도 차갑지만 소주는 아니다. 소주와 맥주의 차이점이다. 차가움과 뜨거움을 동시에 맛볼 수 있다.

칼바람이 부는 추운 겨울, 허름한 포장마차나 오래된 술집의 삐걱이는 문을 열고 어두컴컴한 실내로 들어가는 상상. 따뜻한 난롯가 앞에 놓인 낡은 플라스틱 의자에 앉아 따뜻한 물을 따르고 차가운 수저를 서로 앞에 가지런히 놓는 일. 익숙한 메뉴를 주문한 뒤, '맛있겠당~' 어깨를 들썩이며 음식을 기다리는 몽이를 바라보는 일. 바글바글, 김이 모락모락 나는 냄비와 가스버너가 우리 테이블 위로 올라오면 '우와~' 동시에 입을 맞춰 환호성을 터트리는 일. 입꼬리가 광대까지 올라간 몽이가 소주잔에 첫 잔을 따르고 나는 몽이와 소주잔을 번갈아보며 활짝 웃는 일. 모두 내가 너무나 사랑하는 일이다. 찬 몸을 데우는 따뜻한 온기이고, 소주의 참맛이다(라고 하면 너무 술꾼 같을까?). 점점 끓어오르는 뜨끈한 음식을 바라보는 동안 창에 낀 성에는 방울방울 물이 되어 토독토독 떨어지고.

'짠~'

일단 첫 잔은 빈속에 빠르게 털어 넣는다. 얼음처럼 차가운 소주가 식도를 타고 넘어가며 배를 따뜻하게 데워주면 막 끓인 안주를 한입 떠넣는다. 너무 너무 맛있는 맛이다. 그렇게 주거니 받거니 한잔, 두잔 마시다 보면 우리는 세상에 둘도 없는 친구가 된다. 지구라는 행성에서 서로를 가장 잘 알고, 가장 좋아하는 속 깊은 친구. 이번 주에 있었던 여러 가지 일이나 각자 친구들의 새로운 소식, 재테크 이야기와 가족 이야기 등등 특별한 것 없는 일상의 이야기를 나누지만 그 속에 우리의 삶이 깃들어있다. 보통의 날들로 채워진 우리의 삶. 어느새 술병은 하나둘 비워지고 배도 부르다. 언뜻 시간을 보면 금세 시간은 깜짝 놀랄 만큼 훌쩍 지나있다.

둘 다 주량이 받쳐주면 때에 따라 술을 더 마시러 2차를 가기도 한다. 술을 마시고 다시 찬바람이 부는 밖으로 나와 발을 동동 구르며 껴안다시피 몽이의 팔짱을 꽉 끼고 붙어 걷노라면 세상에서 제일 배부르고 들뜬 사람이 된 것만 같다. 겨울날의 소주 데이트는 추워야 제맛이다. 우리가 사랑하는 겨울의 술 한잔은 차고 쓰고 독하지만 그래서 달다.

나는 술을 엄~청 좋아한다.
깨르르
소주
맥주
와인
전통주
양주
다 좋아!

어휴…
무슨 여자애가
술을 그렇게 먹어대?
ㅉㅉㅉㅉ
뚝배기
깨벌
술 좋아하는 게
어때서!!
닥쳐!!!
아무도 이 냥일
막을 수 없다!!

얼마나 좋아하냐면…
과거 회상
띠
용
꽃 선물해주는
남자
다정하고
칭찬에 후함
내 그림
좋아해줌
애교쟁이
자기 일
열심히 함
술 좋아함
유머 넘침
소원하는 배우자 요건 중
'술 잘 마시는 남자'가
있었을 정도다.
내 남편이라면 응당
같이 먹어야지!

그래서 연애 전,
몽이에게도 어필 했었다.
이상형?
이미 술자리에서
만난 사이
난 술 잘 마시는
남자가 좋더라?

소원대로 '임자'를 만났다.
구랭?
콸
콸
진기명기
ㅋㅋㅋㅋ

결혼하고 우리는
좋은 술 친구가 되었다.
냥이.
짠-하자

열심히 산 한 주의 끝자락,
함께 기울이는 소주 한 잔에서
일상의 작은 행복을 느낀다.
우리 그때
그랬잖아
맞아
맞아

좋아하는 술,
맛난 음식...그리고
사랑하는 이와 함께하는 여유로운 시간!
짠~

이런 게 행복 아닐까?
헹♡
냥이
물론 술은 늘
옳다!

엄마를 닮았어

난 잘생겼고 몽이는 예쁘다. 남녀의 외모가 바뀌었다. 몽이는 얼굴이 작다. 키는 크지 않지만 키에 비해 얼굴이 작아서 비율이 좋다. 눈은 여자인 나만큼이나 크고(나도 친구들이 종종 눈 큰 애라고 부를 만큼 눈이 큰 편인데도) 속눈썹도 길다. 코도 여자처럼 오밀조밀 조그맣고 피부결도 곱다. 머리숱도 가늘고 풍성한 편이라 소담스럽다. 물론 내가 사랑하는 나의 남자라서 뭐든 예뻐 보여 다소 주관적인 평가일 수 있으니(아니, 주관적 평가가 확실하니), 감안해 주기 바란다. 여하튼 제 눈에 안경인진 몰라도 내가 보기에 몽이는 여자처럼 예쁘게 생겼다.

한창 연애하다가 결국 결혼하기로 큰마음을 먹고 몽이의 부모님을 뵈러 갔다. 아버지의 분위기와 어머니의 외모를 적절히 섞은 값이 바로 몽이였음을 단박에 알아차릴 수 있었다. 유전자의 힘이 너무 신기하고 재밌어서 한참 웃었던 기억이 난다.

그때까진 가족, 친구, 여타 지인들이 부모를 닮았는지 안 닮았는지 하는 식의 유전 법칙에 그다지 관심이 없었다. 심지어 나 자신에 대해서도 엄마 닮았다고 하면 닮았나 보다, 아빠 닮았다고 하면 닮았나 보다 했다. 왜 엄마 아빠를 하나도 안 닮았냐고 해도 시큰둥했다. 그냥 그런 게 별로 대수롭지 않았다.

"네가 하늘에서 뚝 떨어진 줄 아냐?"

엄마가 자주 그런 말을 했지만 크게 와닿지도 않았다. 정말 내가 하늘에서 뚝 떨어졌다고 해도 별 놀랄 일도 아니란 듯이 시니컬했다. 나는 그냥 나 자신일 뿐이지, 부모라고 뭐 얼마나 닮겠나 싶었다.

그런데 사랑하는 몽이의 부모님이라 그런 건지, 또 내가 아이를 낳는다면 내 아이에게도 보여질 특징이라 유독 눈길이 가는 건지, 이상하게도 몽이에게서 몽이 부모님의 흔적이 보이거나 몽이 부모님에게서 몽이의 모습이 보이면 그렇게 신기할 수가 없다.

첫 아들은 엄마를 많이 닮는다는 말을 어디선가 들은 적이 있는데, 정말 몽이도 그의 어머니를 많이 닮았다. 얼굴형이나 옆모습, 코, 헤어라인(?)은 거의 붕어빵 기계로 찍어낸 것 같다. 그런데 눈매나 입은 또 아버지를 닮았다. 눈이 확실히 사람 인상에 많은 영향을 주는 듯하다. 디테일한 이목구비는 어머니를 닮았으나 눈빛 때문인지 분위기는 아버지 같다. 가끔 어떤 각도로 쳐다보면 너무 어머니 같아 깜짝 놀라고, 어떤 날은 시아버지가 우리 집 소파에 누워있는 것 같아 깜짝 놀랄 때도 있다.

남편을 보며 시부모님을 떠올리다가 문득 '아~! 누군가도 나를 볼 때 우리 부모님을 연상하면서 바라봤겠구나' 싶었다. 또 우리가 아이를 낳으면 그 아이에게서 우리의 모습을 보겠구나 싶기도 하다.

몽이는 여동생이 둘 있다. 동생들은 뭔가 몽이와 닮아 보이지 않아 '참 삼남매가 안 닮았다.'고 생각했었다. 하지만 세월이 흐를수록 볼 때마다 닮은 구석이 엿보인다. 외모, 성격, 성향은 물론이고 식성, 습관, 말투에서도 닮은 점을 찾을 수 있다. 피는 물보다 진하다더니 과연 가족끼리는 단순함 친밀감 이외에도 비슷한 구석들이 꽤 있다. 서로 닮은 그 부분 때문에 다툼도 생기고 특별한 정도 생기겠지.

시어머니와 갈등이 생기면 남편이 시어머니를 닮은 구석이 밉고, 남편과 갈등이 생기면 아들이 남편과 똑같은 짓을 할 때 괴롭다고들 한다. 나를 닮은 아기가 내가 싫어하는 나의 어떤 면을 똑같이 닮았다면 기분이 어떨까? 그 역시도 참 절레절레, 인정하고 싶지 않겠지. 내가 좋아하는 나의 어떤 점을 닮는다면 당연히 좋겠지만, 싫어하는 면까지 닮는다면 마냥 끌어안으며 괜찮다고 하기는 어려울 것 같다. 하지만 넘을 수 없는 그 무서운 유전자의 힘을 인간의 힘으로 어쩌겠는가! 내 맘대로 안 되는 것을. 받아들이고 인정하면서 어른이 되는 거지.

어쨌든 남남으로 만난 부부가 서로의 유전자를 공유한 새로운 생명체를 탄생시키는 일이 새삼 신기하고 놀랍다. 평범해 보이는 이 순리가 어쩌면 기적이겠구나 싶다.

미래가 보여

공개적으로 말하긴 부끄럽지만, 나는 매사 부정적이고 불만이 많고 무기력한 사람이었다. 오래된 우울함이 늘 안개처럼 내 마음을 휘감고 있는 듯했다. 삶이 막막하고 불투명하여 선명하게 개인 미래를 상상할 수 없었다. 아니, 과거형으로 단정 지어 표현하기는 어렵겠다. 지금도 불쑥불쑥 부정적인 생각이 튀어나와 억지로 누르는 중이니까. 아마 타고난 기질도 있을 것이고 가족들에게 그다지 사랑받지 못하고 인정받지 못한 성장 배경도 원인일 것이다.

'잘하는 사람들이 얼마나 많은데! 나는 그만큼 못하니까 아마 안 될 거야.'

'그런 건 해봤자 아무 도움이 못 될걸.'

'언젠가는 작가가 될 거야. 언젠가는…! 죽기 전엔 하려나?'

'그냥 모든 게 귀찮아. 난 원래 의욕이 없는 사람이야.'

'저 사람들은 다 가졌는데 왜 나만 불행한 거지? 세상은 불공평해.'

불행한 가족, 어설픈 재능, 아무리 발버둥 쳐도 나아지지 않는 나…. 가진 것 없이 흘러가는 내 인생의 답은 뻔하다 생각했다.

'대충 회사나 다니고 만만한 사람 만나 지금처럼 살겠지.'

나의 부족함에 대해 탓하고 원망하는 마음이 크다 보니 나도 미웠고 남도 미웠다. 다들 행복한 것 같은데, 다들 잘 사는 것 같은데 나만 그렇지 못한 것 같은 생각은 내 자신을 매번 깊은 구렁텅이 속으로 떠민다. 모든 걸 미워하고 싫어했다. 부정적으로 바라보았다. 그냥 회피해버리면 그 순간은 넘어가니까. 그게 마음은 편하니까.

나와 달리 몽이는 밝고 긍정적이며 누구보다 자신을 아끼는 사람이다. 짓궂은 생각은 할지언정 못된 생각은 하지 않는 사람. 남들이 뭐라 해도 자긴 잘될 거라는 단단한 의지가 있는 사람. 물론 몽이도 부정적으로 말할 때가 있지만, '아, 그렇게 생각하지 말아야지, 그렇게 말하지 말아야지.' 이내 스스로 다독이고 변하려고 노력하는 사람임은 분명하다. 자신이 부정적으로 생각하고 부정적 말하는 순간, 그 사실을 빨리 알아채고 고치려고 노력하는 게 얼마나 중요한지 몽이를 통해 배웠다.

'난 공부를 못했어', '난 머리가 나빠' 같은 말을 항상 입버릇처럼 해왔다. 연애 시절에는 자연스레 몽이에게까지 그런 말을 하곤 했다. 그런 말을 들을 때마다 몽이가 정말 싫어했던 기억이 난다.

"난 똑똑한 여자가 이상형이었어."

대뜸 몽이가 던졌다.

"그…래서?"

"그런 내가 선택한 냥이잖아. 냥이는 똑똑해. 공부를 못했던 건 그냥 공부에 흥미가 없었기 때문이야. 냥이가 머리가 나쁜 게 아니라! 난 냥이가 그런 말 하는 거 정말 싫어…."

몽이의 말에 갑자기 마음이 울컥했다. 몽이가 선택한 나라서, 내가 똑똑하다니. 자기는 이상형을 만났고 자기의 이상형은 똑똑한 여자이므로 내가 똑똑한 여자임에 틀림없다는 몽이의 삼단논법이 논리적인지 아닌지는 모르겠으나, 내 마음을 흔든 건 분명했다. 나조차 무시하고 사랑하지 않던 나를, 그래서 늘 구석에 웅크리고 있던 나를 몽이는 일으켜세우고 안아주었다. 너는, 내가 사랑하는 너는, 세상에서 가장 똑똑하고 가장 멋진 사람이라고.

몽이의 그 한마디로 인해 나는 비로소 알게 되었다. 나도 소중한 사람이라는 단순한 진실을. 그걸 깨닫는 데 참 오랜 시간이 걸렸다. 여전히 때때로 습관처럼 우울과 불안이 다가오기도 하지만 이제는 예전처럼 감정에 휘둘리지는 않는다. 내 마음속 안개는 거의 걷혔고 잔잔한 호수처럼 평화롭다. 이제야 나는 온전히 나로서 내 미래를 꿈꾼다. 몽이의 사랑이 나를 변화시킨 건 맞지만 나를 변화시킨 건 결국 나 자신이다. 나는 나를 사랑하는 방법을 배워가고 있다. 사랑하는 사람에게 나를 더 사랑해 달라고 졸라대는 미성숙한 태도 대신 내가 나를 사랑하려고 애쓴다. 왜 나를 사랑해주지 않냐고 원망하는 대신 내가 누군가에게 더 큰 사랑을 줄 수 있는 사람이라는 사실을 깨닫고 나니, 내 앞에 밝고 환한 몽이와 냥이가 웃고 있었다.

냥이?
냥이 예쁘다!
여신.
냥이 여신.
챱챱
흠

냥이 진짜 진짜
잘 한다.
냥이 천재.
똑똑해.
똑냥이.
헤에~
멋져!
능력자

냥이!
너무 맛있어용!!
냥이가 만들어 주는 건
다 맛있다~
핵꿀맛!!
뇸뇸

와~
냥이가 사준 거
짱 편해!
냥이는 물건도
잘 사네?
역시 우리집
소비요정.
난 소비 바본뎅~

냥이 최고!
냥이는
성공할 사람!
대단해~
내 냥이 복덩이.
라이언
냥~

헤헤...
그런가...?
부끄부끄
내가...
내가 좀
그렇긴 하지?
헤
광대
승천

눈누난나
......
크륵
계획대로야.
칭찬해
버리겠다
행복해라...
고냥이!!!
칭찬노트

산책

산책을 자주 한다. 평일 저녁이나 주말 낮, 비바람이 불거나 미세먼지가 심한 날 등을 빼고는 거의 하루 한 번 밖으로 나가 걷는다. 아무리 바빠도 잠깐씩은 걷기 위해 짬을 낸다. 운동이나 건강을 위해 걷는다기보다는 그냥 하염없이 걷는 걸 좋아한다.

내가 "산책갈까?" 물으면 몽이는 정말 강아지라도 된 양 "산책? 산책이용, 냥이?" 하면서 귀를 쫑긋거리며 신나한다.

산책은 꽉 막힌 공간에서 각자 바쁘게 일을 하다가 잠깐 만나서 숨 쉬는 '틈'과 같다. 온종일 떨어졌다 함께 시간을 보내는 한두 시간의 짧은 여행. 산책은 하루 치의 맑은 산소를 모세혈관 하나하나까지 내보내는 우리들의 숨이고, 걸으면서 쓰는 일기다.

"10분 후에 나가자!"

누가 먼저랄 것도 없이, 무슨 TV쇼 프로그램의 미션처럼 이 말이 떨어지면 둘 다 기다렸다는 듯이 산책 나갈 준비를 한다. 대충 선크림을 바르고 편한 옷을 챙겨입고 캡모자를 눌러 쓰고 운동화를 신고. 편한 차림새로 집을 나서면 익숙한 동네 풍경과 익숙한 바깥 공기가 우리를 맞는다. 걷다가 과일가게라도 들를까, 빵이라도 사 올까 싶어 장바구니도 챙긴다. 혹시나 하면서. 미처 버리지 못한 재활용 쓰레기도 나가는 김에 가지고 나간다. 특별히 올 것도 없는 우편함도 괜히 열어본다. 지저분하게 꽂혀 있는 광고전단지나 필요 없는 안내문도 쓱 살펴보고 정리한다. 영락없는 찐 부부의 산책 전 풍경이다.

그렇게 복작복작 나와서는 손을 꼬옥 잡고 상대방의 보폭에 맞춰 나란히 걷는다. 집 근처 상가나 공터, 공원, 아파트 단지 등으로 자연스럽게 발걸음을 옮긴다. 매일 가는 똑같은 코스라도 매일이 다르다. 바람이 다르고, 온도가 다르고, 빛이 다르고, 나무들이 다르다.

"킁킁! 햐…. 넘 좋다."

산책길은 집 안에서 아무리 에어컨을 켜고 선풍기를 튼다 한들 느낄 수 없는 신선한 공기를 선물한다. 눈부신 햇살을 쐴 수 있어 좋고 하늘하늘 흔들리는 나무와 풀이 있어 좋고 반짝이는 강이 있어 좋다(지금 우리가 사는 동네에는 집 앞에 시화호가 흐르고 있어 경치가 참 좋다).

강가에 일렁이는 물비늘을 바라보는 것만으로도, 쏴아아 수풀들이 바람에 흔들리는 소리를 듣는 것만으로도 차곡차곡 몸 안에 쌓인 스트레스가 날아간다. 자연 앞에 서면 몸을 꼭꼭 옥죄던 스트레스도 스르르 풀어지며 아무것도 아닌 게 되어버린다.

사이좋게 조깅하는 부부, 이어폰도 없이 큰 소리로 트로트를 틀고 지나가는 아저씨, 썬캡을 쓰고 박수치며 빠르게 걷는 아주머니, 처음 보는 전동스쿠터를 타고 휙 지나가는 젊은이들. 오가며 마주치는 사람들을 구경하는 것도 재미있다.

그다지 살갑지 않은 성격인데도 산책 중인 강아지나 어린아이를 만나면 괜시리 귀엽고 반가워 저절로 미소를 짓는다. 나도 모르게 '어머 너, 너무 귀엽다! 안녕~' 인사도 하게 된다(모르는 사람한테 인사하는 걸 보면 나도 나이 들었나 싶고).

그렇게 바깥 구경에 빠져 하염없이 걷다 보면 어떤 날은 예상치 않게 너무 멀리까지 가게 될 때도 있다. 그럴 때면 마음이 더 설렌다. 미처 몰랐던 길이나 새로운 동네를 구경하는 재미 또한 쏠쏠하다.

"와, 여기 이런 골목이 있네?"

"우와, 이 가게 엄청 좋아 보인다. 다음에 우리 여기 와서 밥 먹자."

"우리 전에 산책하다 본 그 커피숍 있잖아. 거기도 한번 가야 하는데."

"저번 주에 나 저기 갔다 왔는데 괜찮았어."

걷다 보면 전혀 다른 세상을 만난다. 산책이 여행인 이유! 결혼 전엔 수년 동안 한 동네에서 살았지만 뭐가 어디에 붙어있는지 하나도 알지 못했다. 아무리 익숙한 곳이라도 찬찬히 걷지 않으면 아무것도 보이지 않는다. 어떤 골목길에 어떤 음식점이 있는지, 어떤 카페가 언제 새로 생겼는지 혹은 언제 문을 닫았는지, 공원의 어떤 벤치가 쉬기 좋은지…. 혼자라 위험하다는 생각에 해가 지면 웬만해선 밖으로 나가지 않았던 시절에 나는 서울의 어느 동네에 살았지만 그 동네와 전혀 친하지 않았다. 정확한 길 이름도 모를 만큼 관심도 애착도 없었고.

몽이와 함께 산책하면서 비로소 산책 여행이 주는 행복을 만끽할 수 있게 되었다. 동네 구석구석을 누비고 내가 사는 곳이 어떤 곳인지, 무엇이 있고 무엇이 좋은지, 어디가 가볼 만한 곳인지 느끼고 즐길 수 있게 되었다. 산책이 취미가 되자, 내가 지금 어디에 머물러 있고 어떤 곳에 살고 있는지 또렷하고 민감하게 이해할 수 있게 되었다.

건강에도 좋은 '걷기'는 단순히 우리 부부에게 걷는 것뿐 아닌, 또 다른 이야깃거리가 되어준다. 일상을 더욱 풍부하게 만들어주는 활력소다.

산책 내내 손을 꼭 맞잡고 걷다 보면 손바닥이 땀범벅이 된다. 잠시 잡았던 손을 떼어놓기라도 하면 몽이는 땀이 마를세라 다시 내 손을 꼬옥 찾아 움켜쥔다. 축축해져서 싫다고 투덜대면서도 이런 사소한 행동조차 진심으로 싫지는 않다. 몽이도 산책도 사랑스럽다. 산책은 마음을 너그럽게 만드는 힘이 있다.

"몽이는 나 할미 돼도 맨날 이렇게 손잡고 산책 다닐 거니?"

"당연하죠, 냥이."

"어디를 가더라도? 자식들이 놀려도?"

"웅, 맨날 손 잡을꼬양."

사랑은 같은 곳을 바라보는 거라 했던가. 십 년, 이십 년 아니 오십 년이 지나도 같이 손 꼭 잡고 팔짱 끼고 나란히 산책 다니는 우리의 모습을 떠올려본다. 상상이지만 그 어떤 그림보다 아름다운 모습이다. 그때도 우리의 산책 예찬이 변함없기를.

이불

우리 집에는 이불이 두 채 있다. 회색을 좋아하는 몽이 덕에 둘 다 회색인데 하나는 침대에, 또 하나는 소파나 서재 바닥에 두고 편하게 덮는다. 침대 이불은 극세사라 보들보들 피부에 닿는 느낌이 보드라워 좋고 소파 이불은 가벼운 차렵이불이라 덮으면 사륵사륵, 바스락바스락 소리가 날 만큼 보송한 기분이 들어 좋다.

신혼 때는 "우리도 호텔 침구 같은 거 써보자."하고 비싼 오리털 이불까지 사서 덮었건만, 결국은 세탁하기 편하고 매일 덮기 무난하며 포근한 쪽이 정답임을 알게 되었다. 가정집에서 주로 쓰는 평범한 이불로 돌아와버렸단 얘기. 집은 모델하우스처럼 관리할 수 있는 곳이 아니었고, 우리에겐 마구마구 함께 뒹굴고 아무 때나 세탁기에 넣어 빙빙 돌릴 수 있는 이불이 최고였던 것이다.

우리가 함께 덮는 애착 이불에는 분명(어쩌면) 약간의 수면제 성분이 들어 있는 것이 틀림없다. 침대나 소파에 몽이와 함께 누우면 이내 잠의 눈이 스르르 내린다. 너무너무 푹신하고 따스한 흰 눈 같다. 온몸이 노곤노곤 풀어져 나도 모르게 '끙… 끙….' 소리가 절로 난다.

"몽이 편해요?"

"네, 냥이."

"몽이 옴총 편해 보이네. 얼마나 편해?"

"천국이야 냥이, 냥이도 어서 와서 누워."

"여기가 천국인가요?"

"네.^^"

우리가 좋아하는 멜로 영화 <내 머릿속의 지우개>의 마지막 대사를 읊으며 작정하고 푹 퍼지기도 한다. 아무도 우리를 방해하는 이 없고, 아무것도 바쁠 일 없을 때 서로를 바라보는 것만이 유일한 일일 때. 폭신한 이불 위에서 마냥 뒹굴며 맘껏 게으름을 부릴 때. 이 순간이 우리에겐 최고의 천국이다.

이불을 코끝까지 덮은 몽이는 만화 속 주인공처럼 초롱초롱한 표정을 지으며 '침대가 최고야~'라며 쫑알댄다. 그 모습이 마치 온종일 신나게 뛰어놀다 돌아온, 녹아내린 강아지 같아서 귀엽다.

"오늘 바빴어?"

"저녁은 뭐 먹었어? 내일은 몇 시에 가?"

"토요일에 우리 거기 가기로 한 거 기억하지?"

늦은 밤, 잠자리에 나란히 누워 가장 편한 상태로 나누는 우리의 대화다. 온몸을 이불에 파묻은 채 무거운 누꺼풀을 살짝 감아도 좋은 때. 한 이불을 덮고 침대 위에서 나누는 대화는 거창한 주제도 어떤 논쟁거리도 아니다. 회사는 바빴는지, 많이 피곤한지, 내일 스케줄은 무엇인지와 같은 보통의 말들이다. 화려한 수사도, 긴 답변도 필요 없는. 그저 사소하게 궁금했던 소소한 일상의 언어로 내일의 일과 오늘의 안부를 나눈다. 가장 편안하고 다정한 목소리에 담기는 보드라운 말들은 푹 잘 자고 일어나 다시 새날을 맞게 하는 우리의 드림캐쳐다. 평범한 이 몇 마디 말이면 서로의 마음을 훤히 들여다보고 토닥토닥 재워주기에 충분하다. 이런저런 말을 걸며 몽이 얼굴을 슥슥 쓰다듬고 있노라면 몽이의 눈빛은 세상 순해진다. 주인님께 '사랑해주세요, 사랑해줘서 고마워요'하는 눈빛으로 얌전히 쓰다듬을 받는다. 순한 강아지가 되는 몽이. 쓰다듬는 나도 이내 마음이 편안해져 고양이처럼 같이 고롱댄다.

뒹굴뒹굴 나란히 누워 폰을 보거나 책을 보는 것도 좋다. 서로 보여주고 싶었던 동물 사진이나 영상, 좋았던 블로그의 글귀를 함께 보며 웃기도 한다. 조금 놀랄 만한 친구의 소식도 들려준다. 우리를 둘러싼 사사로운 일들 하나까지도 우리가 덮고 자는 '한 이불'에 고요히 스민다. 이불 밖의 두 사람은 좌우로 떨어져 누워 있어도 이불 속 네 다리는 이리저리 포개져 온기를 나누고 체온을 덮인다. 그렇게 우리 둘만의 밤이 깊어간다.

따끈한 엉덩이

인스타 웹툰에 자꾸만 몽이 엉덩이 가지고 놀리는 걸 그려서 몽이가 종종 툴툴댄다.

“힝! 내 온도니(엉덩이) 그만 그려! 창피해!”

공개적으로 남편 엉덩이에 대해 그리고 쓰는 게 내가 봐도 조금 웃기기도 하지만 멈출 수 없다. 몽이 궁둥이에 대한 나의 사랑을…!

폭신하고 말랑하고 따뜻한 궁둥이. 탱탱볼 같은 궁둥이. 호빵 같은 궁둥이.

“띠용~띠용~”

엎드려 있는 몽이 궁둥이를 한 대 찰싹 때리면 대왕푸딩처럼 사방으로 띠용거리는 게 진짜 만화 같아서 웃기다. 그냥 흔들리는 살일 뿐인데 왜 이렇게 재밌는지, 그 모습이 어떤 쇼프로나 영화보다 재밌어 한참을 혼자 깔깔거리곤 한다.

몽이는 타고난 체형이 엉덩이나 허벅지가 두꺼운 몸이라, 살이 빠지고 근육이 빠진다 한들 궁둥이의 크기와 텐션은 쉽사리 작아지지 않는다(실제로 지금보다 10kg 넘게 말랐을 때도 엉덩이는 똑같았다고).

그 토실토실하고 거대한 엉덩이를 쪼물닥거릴 때 손끝에서 느껴지는 촉감이 너무 좋다. 요즘 친구들 말로 '극락'이 따로 없다. 아무리 표정 없는 나일지라도 이때만큼은 헤벌쭉! 가식 없는 해맑은 미소가 절로 나온다.

몽이에 비해 감정 기복이 심한 나는, 때때로 우울하고 자주 힘이 없다. 그런 날, 몽이에게 서운한 마음까지 겹치면 되도록 몽이와 멀리 떨어져 있으려 한다. 만사가 귀찮고 싫은 기분일 때는 괜히 얼굴 보다가도 짜증낼 수 있어서 일부러 몽이를 피한다. 그럴수록 몽이는 잔뜩 내 눈치를 보다가 더 품 안으로 파고 든다. 나는 그게 더욱 신경질이 나서 몽이를 밀어낸다.

"냥이~~왜 구랭~~"
"아, 저리 좀 가!!!"
"힝…. 냥이ㅜㅜ기분 안 좋아요?"
"응, 그러니까 나 좀 내버려둬."

내가 빽, 격한 소리를 내면 몽이는 잔뜩 꼬리를 내리고 쭈그러든다. 그리곤 비 맞은 똥강아지마냥 어쩔 줄 몰라 하면서 내 주변을 이리저리 배회한다. 아무래도 몽이 사전엔 '냥이 혼자 내버려둔다'는 말은 없는 모양이다. 몽이는 나를 내버려두지 않기 위해 이리저리 머리를 굴린다. 어떻게든 내 기분을 풀어주려고 갖은 재롱을 다 피운다. 머리도 쓰다듬고 목에 매달려도 보고 맛있는 과자를 입에 넣어주거나 와인을 따라주기도 한다. 그럼에도 도통 뾰루퉁한 표정을 풀지 못하는 나를 무너뜨리는 몽이의 필살기는 바로 '온도니 부비기'.

애니메이션 짱구의 엉덩이 댄스처럼 엉덩이를 한껏 내밀고 씰룩씰룩 '온도니 댄스'를 춘다. 엉덩이를 내 얼굴에 들이대거나 여기저기 부비기도 한다. 내 엉덩이에 자기 엉덩이를 맞대고 열심히 부비부비하면 피하고 도망치다 결국 웃게 된다.

"냥이~~~"

몽이의 애교에 짜증도 우울도 무릎 꿇고 만다.

참내. 아니, 아무리 생각해도 '내가 왜 이런 걸로 기분이 좋아지지?' 싶어 어이가 없다. 그 따끈한 온도니를 내 엉덩이에 부비며 장난치면 우울하고 서운했던 마음이 풀린다. 눈 위에 봄 햇살이 내려 녹아버리듯 사르르 순식간에 사라진다.

몽이 엉덩이의 촉감도 촉감이지만 내 기분을 풀어주려고 애쓰는 몽이 모습이 귀엽기도 하고 고맙기도 하다. 그런 우스꽝스러운 상황 속에서도 '힝힝'거리며 내 눈치를 보는 몽이 표정이 천진난만하다. 저리 가라고 소리치면서 웃다가, 정신 차려보면 또 헤벌쭉 몽이 온도니를 만지고 있다. 아무도 만지지 못하는 몽이 몸의 중심이자(멀리서 보면 온도니부터 보이니깐!), 요즘 내 삶의 최고 기쁨이고 취미이고 관심사인 몽이의 온도니! 만지기만 해도 마법처럼 행복해지는 따끈한 온도니. 너무 좋다! 후르릅 챱챱, 먹어서 없애버리고 싶을 만큼.

기계도
이번에 나온
최신형 살까?
물건도
필통
바꾸고 싶다.
음식도
으... 물려서
못 먹겠어.

미안해...
사람도 쉽게
질려 하던 내가
~결혼 6년차~
최고양~
냥이?
너무 좋앙!

맨날 맨날
붙어있고 싶어.
나두웅.
내 사랑
몽
왜 넌 오래 곁에 두어도
질리지 않을까?
쓰담
쓰담
헤

주물 주물
주우욱
태글 탱글
탱글 탱글 탱글
주물떡

헛
설마…
이거
때문인가…?
콕
ㅋㅋ
이거라면
질릴 리 없지…!
크큭…
?

체취

사람의 체취는 참 신기하다. 아침, 점심, 저녁으로 시시각각 달라진다. 몽이도 그렇다. 냄새는 눈에 보이지 않으니 남들은 알지 못하겠지만 속눈썹 한올, 손끝 뭉툭 살까지 그의 모든 것을 사랑하며, 수시로 껴안고 탐닉하는 나로선 체취가 달라지는 경계가 선명히 느껴진다.

아침에 맡는 몽이의 체취는 상쾌한 우디&시트러스 향의 샤워 코롱 냄새다. 씻고 난 후 향수를 뿌리고 출근 준비를 할 때의 향기다. 정돈되고 깨끗하고 맑은 향을 담고 있다. 단잠에 녹아 침대에 눌러붙어 있던 나의 코가 콕 뚫리는 느낌이다.

나는 아빠 냄새에 대한 기억이 거의 없는데, 내가 상상했던 '넥타이를 맨 아빠'라든가 '아빠의 스킨 냄새'라는 게 어쩌면 몽이의 아침 체취일 것 같다고 상상한다. 몽이는 넥타이를 매지도 않고 아빠도 아니지만, 눈을 감고 있으면 왠지 어린 시절 내가 막연히 꿈꾸던 '아빠의 향기'가 코앞에 가득 퍼져 있는 것만 같다.

시원한 향을 내뿜던 몽이가 "냥이, 나 다녀올게." 하고 내 손을 잡는다. 손등이나 뺨에 입을 맞춘 후 조용히 문을 닫고 나가면, 한동안 그 잔향이 느껴져 괜시리 몽이 없는 침대에 홀로 앉아 눈물을 글썽일 때도 있다. 그가 남기고 떠난 향과 함께 어린 시절의 내가 빈 침대 위에 혼자 남겨져 있는 것만 같은 기분이 되고 만다.

몽이가 회사에 가지 않는 주말이나 휴일의 점심 즈음에는, 무언가 강아지 발바닥 같은 꼬순(?) 체취가 난다. 집에 있을 땐 외출할 때만큼 잘 씻지 않아서인지 간밤의 이불 냄새와 약간의 머릿기름이 섞인 것 같은 냄새가 나는데 그게 싫지는 않다. 맡기 싫은 쉰내라기보단 고소한 참기름 냄새 같다. 강아지 발바닥이며 배에 코박고 한껏 냄새를 흡입하는 여느 견주들처럼. 씻지 않은 몽이의 체취도 기꺼이 즐겨 맡는다.

다른 사람의 지저분한 모습은 1도 참지 못하는 내가 몽이의 꼬질꼬질함까지 꼬숩다며 좋아하다니. 내가 몽이를 얼마나 사랑하는지 스스로도 놀랄 일이다. 몽이를 제외한 그 누구의 피부도 내 몸에 닿는 걸 소름끼치게 싫어하는 나다. 그 어떤 타인의 맨손이나 맨발도 내게 닿는 걸 상상할 수 없다. 그런데 몽이의 피부와 손길은 또 다른 내 피부인 것마냥 온도와 촉감과 무게가 자연스럽게 스민다. 내 몸 안에 녹아드는 것만 같다.

저녁나절 집에 돌아온 몽이에게선 대단한 산책을 하고 돌아온 강아지마냥 이런저런 냄새들이 묻어난다. 자동차 시트 냄새, 음식 냄새, 옅게 흩어진 향수 냄새, 땀 냄새…. 몽이의 체취와는 다른 다양한 세상의 냄새들을 저녁의 몽이는 담고 있다. 일테면 그가 머물다 온 공간의 냄새, 먹고 온 음식의 냄새까지도 나의 예민한 후각은 확연히 구별해낸다. 아니, 상상해낸다.

"오늘 회식한다더니, 삼겹살 먹었나보네?"

"네, 냥이. 냄새나?"

"웅. 아주 노릇노릇 튀긴 튀김의 기름 냄새랑 자동차 냄새랑 난다."

운동을 하고 돌아온 몽이는 땀에 푹 절어 있다. 나는 땀 흘리는 운동을 정말 싫어하는 반면 몽이는 격렬하게 땀 흘리는 운동을 즐긴다(그렇게 운동을 좋아하고 열심히 하는 데도 배는 왜 늘 나와 있는지 모르겠지만). 집 안으로 들어서자마자, 몽이의 땀 냄새가 스멀스멀, 가까이 가지 않아도 진동을 한다. 그럼 몽이는 꼭 내 앞에 와선 겨드랑이를 내민다. 자기 냄새 좀 맡아보라는 거지(누가 보면 이상한 사람들이라고 할 수도 있겠다)!

"윽, 암내!!!!"

진저리를 치면 몽이는 재밌다는 듯이 신이 나서 내게 더 가까이 달려든다. 몽이의 저녁 체취는 하루 냄새 중 가장 진하고 오래간다. 몽이의 저녁 체취는 아주 힘이 세다. 저녁 노을처럼 매일 하늘을 물들이지만 매일 인상적이다. 내게 무사히 돌아왔다는 의미를 체취로 전해준다. 안온한 보통 날이 저물고 있음을, 편안하고 따뜻하게 일깨운다.

사람을 그리며, 추억을 기억하고 가슴에 새기는 방법은 여러 가지가 있겠지만 특히 향기는 참 오래간다. 소리나 빛, 촉감, 온도, 표정보다 더 오래 남는다. 그날 내가 맡았던 바람 냄새, 나무 냄새, 어느 골목에서 피어나던 밥 냄새 같은 것들. 이름도 잊고, 장소도 잊고, 함께 있던 누군가의 얼굴까지 다 잊었어도 냄새는 기억이 난다. 나에게 몽이의 저녁 체취는 어쩌면 그런 것이다. 해가 지고 달이 뜨는 것처럼 평범하지만 오래 기억에 남을 향기 같은 것.

좋아하는 냄새

계절의 냄새가 좋아.
아, 겨울냄새.
바람 냄새.
나무 냄새,
흙 냄새가 좋아.

갓 볶은
고소한 커피콩 향도 좋고
향긋한 와인 향도
맛있는 음식에서 나는
냄새도 좋아.
으~음

초저녁,
이웃집 너머로 흘러 나오는
저녁 냄새도 좋고
식사 시간이군…
집에 돌아오면
나를 반기는
우리 집 냄새도 좋아.
집이당~

햐
뽀득하게 씻은 손에
바르는 크림 냄새,
막 세탁한 수건의
섬유 유연제 냄새도
즐겨 켜는 향초 냄새도 좋아해.

그래도 내가
가장 좋아하는 냄새는
몽이~
킁킁킁
킁킁
킁

사랑하는 너의 체취.
킁킁킁
모하냥…
??

너도 한번 살아봐

누구나 한번쯤은 들어봤을 법한, 결혼과 출산에 대한 각계각층의 훈수질. '결혼은 되도록 늦게 하는 게 좋다', '늦더라도 결혼을 하긴 해야 한다', '살아보면 다르다', '아이는 빨리 가져야 한다' 혹은 '천천히 가지는 게 더 좋다' 등등. 각자의 경험에 따라 다를 수밖에 없는 충고를 확신에 차서 늘어놓는 사람들은 매번 스트레스 지수를 상승시키곤 한다. 더 우스운 건, 대개 그들 자신도 그리 성공적인 삶을 살고 있지 못한 경우가 많다는 것. 결혼과 출산에 대한 충고와 훈수는 여전히 수많은 미혼자들의 귀를 따갑게 괴롭힌다. 단언컨대 세월이 흐르고 시대가 바뀌어도 달라지진 않을 것이다. 사람들은 자신의 경험과 신념을 여러 사람에게 떠벌리고 인정받고 싶어 안달이 난 존재니까.

나 역시 회사를 다니던 20대부터 주변 선배들에게 이런 종류의 충고와 훈수를 신물나게 들었다. 물론 이런 충고의 말을 하는 사람들 대부분은 기혼자들이다. 결혼을 해봤기에 하는 말이겠거니, 결혼 전에 못 해본 아쉬움이 많겠거니, 아니면 내 생각해서 하는 말이겠거니, 좋게 넘겨 듣다가도 이따금씩 짜증이 났다.

'왜 저런 말을 굳이 하는 거지? 본인 결혼 생활이 만족스럽지 않다고 광고하는 건가?'

'막상 결혼, 출산 안 하겠다고 하면 왜 안 하냐, 그래도 남들하는 건 다 해봐야 한다며 또 잔소리할 거면서….'

'애는 내가 낳아 키우는 건데, 왜 자기들이 이래라 저래라 참견일까?'

괜히 반발심이 생기는 경우가 많았다. 그때는 무조건 다 듣기 싫었던 그들의 말들. 그러나 세월이 흘러 나 역시 기혼자가 되어 보니 이제야 그때의 말들이 새록새록 되짚어진다.

물론 그때 그들의 말이 모두 옳다고도, 모두 틀렸다고도 생각하지 않는다. 그때는 맞고, 지금은 틀린 말들. 일부는 맞고 일부는 틀린 말들. 그들에게는 맞았을지 모르지만 나한테는 맞지 않는 말들. 수많은 경우의 수가 있으므로, 역시 정답은 없다. 다만, 하나의 사례로 듣고 각자 자신에게 맞는 자기 길을 찾아갈 수밖에.

우선 내가 20대부터 가장 많이 들었던 말 중 하나인 '결혼은 되도록 늦게 해라'는 말. 글쎄. 이 말은 옳을까 그를까? 나, 이수경이라는 사람은 결혼이란 제도를 통해 성숙해졌다. 결혼하고 난 후 나는, 이전보다 훨신 더 안정감을 찾았고 더 나은 사람이 되었다. 정서적으로도 금전적으로도 커리어까지도, 모든 배경과 상황이 좋아졌으니까. 때문에 나는 오히려 '결혼 더 빨리할걸.' 이란 생각을 한다.

사실 따지고 보면 그리 빠르지도 늦지도 않은 시기에 결혼했지만 몽이를 더 일찍 만났더라면, 결혼을 더 빨리 했더라면 하는 생각이 들 때가 종종 있다. 아마 그만큼 내가 결혼 후에 행복해졌기 때문이겠지. 물론, 나와는 반대로 결혼이 불행의 씨앗이 되어 하루하루 불행력 갱신 중인 사람도 있을 것이다. 세상에 절대적인 것, 무조건적인 것은 없듯, 결혼도 빨리 하느냐 늦게 하느냐에 절대적인 기준은 없는 것 같다. 자신이 누군가에게 좋은 사람이 되어줄 준비가 되었을 때, 상대도 정서적인 준비가 된 사람을 잘 골라 만날 수 있다. 좋은 사람을 알아보는 눈도 생기고. 물론 그것도 사람 뜻대로 되는 건 아니고 인연이 닿아야 하는 일이니, 인생은 여러 모로 쉽지 않다.

요즘 떠도는 젠더 갈등이나 좌우의 정치 대립처럼 이분법적으로 갈려 다투는 논쟁을 좋아하지 않는다. 결혼도 늦게 해라, 마라는 식의 흑백 논리로 단정지어 말하는 게 싫다. 세상엔 다양한 사람이 있고 또 다양한 사람끼리 만나 저마다 다른 결혼 생활을 한다. 그러니 20대에 결혼해도 행복한 사람이 있을 것이고, 30대, 40대에 결혼해도 불행한 사람이 있을 것이다. 결혼을 늦게 하라는 말은 둘이 되면 혼자였을 때 할 수 있는 많은 일들에 제약이 있을 수밖에 없으니 하는 말일 테다. 하지만 이런 잣대도 절대값이 아니다. 섣부른 충고 따위를 새겨들을 필요는 없다.

결혼도 본인이 선택하고 본인이 책임지는, 인생의 무수한 선택 가운데 하나

일 뿐이다. '적당한 때'라는 것도 결국 내가 정하는 것이다.

'살아보면 다르다'는 말도 마찬가지. 단, 이건 인정한다. 결혼하면 정으로 산다는 말, 의리로 산다는 말! 이 말은 결혼 전에는 전혀 공감이 안 갔던 말이다. 무슨 군대 동기에게나 쓸 것 같은 단어라서 기괴하게 느껴지기까지 했다. 그런데 지금은 그 말의 뜻을 알겠다. 뜨겁게 불타는 사랑의 계절이 지나면 사랑이 사라지는 게 아니라 색깔이 바뀐다. 정과 의리도 사랑의 일부임을, 춥고 덥고 꽃 피고 잎 지는 그 모든 게 계절임을 이젠 안다. 화려한 벚꽃의 계절만이 사랑은 아니라는 것을. 사랑이 맛있고 빛깔 좋은 복숭아라면 정과 의리는 깊숙이 박혀있는 씨앗과도 같다. 특히 '의리'라는 게 그렇다. 의리는 바꿔 말하면 '의무'라는 생각이 든다.

결혼은 생각보다 힘들다. 잔잔한 바다처럼 평온하기만 할 것 같았던 일상에 비바람이 몰아치기도 하고 파도가 요동치기도 한다. 때론 암흑의 바다처럼 깜깜한 절망의 순간이 닥치기도 하겠지. 그럴 때. '아, 이것이 결혼인가? 너무 힘든데?' 그럴 때. 서로를 지켜주는 건 곱디고운 사랑이 아니라 전우애 같은 의리다. 전쟁터에서 살아남아야 하는데 언제까지나 꽃신 신고 달달한 데이트만 할 수는 없는 거니까.

배려하기, 존중하기, 믿음 잃지 않기 등 부부로서 최소한 지켜야 하는 것들. 그 약속과 신의를 평생 지켜나가는 건 생각보다 어렵다. 사랑은 순식간에 흩어지고 날아가버리기 쉽다. 그저 흩어지기 쉬운 '사랑'만을 기대하고 결혼을 선택하는 건 위험할 수도 있다. 두 사람이 한쪽씩 발을 묶고 달리기를 하는데, 어느 한쪽이 협조를 안 하거나 박자를 못 맞추거나 제멋대로 앞서가려고 하면 그게임은 실패다.

결혼은 이인삼각 경기다. 누구 한 명이 일방적으로 상대에게 기대려고 해서도 안 된다. 각자의 역할에 충실해야 끝까지 잘 뛸 수 있다. 우리는 아직 아이가 없지만, 아이가 생기면 더 많은 역할과 책임이 생길 거다. 경제적인 책임도, 부모로서의 책임도 다 감당해가며 달려야 하는 최고난이도 게임. 그 무거운 책임을 잘 나눠질 수 있는 사람, 남에게 내보이기 좋은 사람이 아니라 나에게 잘 맞고 내가 감당할 수 있는 사람. 아무래도 배우자를 고르는 선택 기준은 이상형 올림픽과는 전혀 다른 룰인 것 같다.

5부

먼 훗날 우리가 조금 덜 사랑하게 되더라도

짧은 여행

우리 둘은 짧은 여행을 자주 간다. 집 가까운 곳으로 하루나 이틀 부담 없이 다녀오는 가벼운 여행을 즐긴다. 일상이라는 지치고 지루한 요리에 마무리로 상큼한 레몬 향을 뿌려주는 것 같은 신선함이 있다. 회복탄력성이 짱짱해지는 맛? 새로운 동네에 가서 구석구석 거닐다 작은 가게를 기웃거리는 걸 좋아한다. 날씨에 따라 시시각각 다른 색을 품는 하늘을 맘껏 바라보는 게 좋다. 맛있는 음식과 곁들이는 한잔의 술을 사랑하고, 낯선 방에서 보내는 특별한 밤을 사랑한다. 짧은 여행에는 산책보다 짜릿하고 여행보다 편안한 향기가 있다.

몇 해 전, 몽이 회사 근처로 집을 옮긴 후에는 가까이에 가족이나 친구가 하나도 없다. 땅은 넓고 인구는 많지 않은 소도시에 살다 보니, 자칫 적적하고 따분한 주말이 될 수 있는 터라, 우리는 슬리퍼 신고 마실 가듯 떠나는 여행 궁리를 더 자주 한다. 주말에 누리는 소소한 일탈은 자칫 외로워지기 쉬운 '타지 라이프'에 촉촉한 수분을 충전해준다.

짧게라도 바람을 쐬고 돌아오면 둘 사이도 더 돈독해지는 것 같다. 어떤 비싸고 거창한 선물보다 더 큰 선물 같은 시간이다.

연애 기간에도, 결혼 준비를 할 때도 우리에게는 자동차가 없었다. 푹푹 찌는 한여름에도, 매섭게 춥던 한겨울에도, 우리는 버스 타고 지하철 타고 걸어 다녔다. 예식 준비나 살림 준비로 바쁠 때도 뚜벅이로 뚜벅뚜벅 걸어다녔다. 자동차 디자이너라는 직업을 가진 몽이가 정작 자동차를 산 건 결혼 후다. 어찌보면 차에 욕심이 많을 법도 한데, 몽이는 돈 아낀다는 생각에 저렴한 국산 하이브리드 차를 샀더랬다.

리쌍의 <헤어지지 못하는 여자, 떠나가지 못하는 남자> 노래 가사에는 '우린 300만 원짜리 중고차로 어디든 다녔지, 남부럽지 않게'라는 대목이 나온다. 이 부분은 특히 몽이가 좋아하는 노랫말이다. 신혼 초에 산 하이브리드 차 한 대로 우리는 참 많은 곳을 누비고 다녔다. '오니기리'라는 애칭도 붙여주며, 쓸고 닦고 했으니 영락없는 가족이었다.

"나 이 차 팔 때 울지도 몰라. 냥이랑 같이 얘 타고 별의별 곳을 다 놀러다녔넹!"

"그치? 추억이 너무 많다."

유난히 도시를 사랑하는 몽이 덕에 서울 구석구석은 물론이고, 종종 있던 내 오프라인 강의를 핑계로 주말이면 경기, 경상, 전라, 충청 등등 모든 권역을 돌았다. 두세 시간 운전하면 집으로 다시 돌아올 수 있는 거리였지만 우리는 일부러 꼭 하룻밤을 묵었다. 친구네 집에 놀러갔다가 자고 오는 초등학생들처럼 신이 나서 숙소를 잡고 허름한 맛집을 찾아가 소주잔을 기울였다. 한마디로 '건덕지'가 있다면 어떤 구실을 만들어서라도 둘이 놀고 왔다. '아이가 생기면 이러기도 힘들 텐데, 언제 또 이래보겠냐.'는 생각이었다.

한번은 추석 연휴와 주말이 맞물려 쉬고 있던 날이었다. 갑자기 몽이가 '서울의 야경이 보고 싶다'고 해서(원래 즉흥적으로 놀러가는 걸 좋아하는 몽이다), 급작스레 이태원의 2만 원짜리 에어비앤비를 잡았다. 다들 고향에 가 있을 때라 서울 한복판 이태원은 오히려 한산했다. 갑자기 예약한 건데도 에어비앤비 방은 쉽게 잡혔다.

부랴부랴 짐을 싸서 간 2만 원대 에어비앤비는 이케아 철제 2인용 침대가 양쪽으로 놓인 아주 좁은 4인실이었다. 화장실도 밖에 있는, 막말로 다 쓰러져가는 3층짜리 단독주택이였는데 그와중에 운치 있게도 테라스(라 쓰고 옥탑이라 읽는)가 딸려 있었다. 추석 명절이라 문을 연 한국식당도 거의 없어서 그나마 열려있는 인도 식당에서 음식을 몇 가지 포장했다. 그리고 근처 편의점에서 저렴한 와인을 사다 서울의 야경을 내려다보며 종이컵에 와인을 따라 마셨다. 허름한 집이라 조명 같은 것도 없었다. 시골에서나 쓰는 두꺼운 흰 양초를 사다 켜놓은 게 다였다. 다 큰 사람 둘이 그 작은 불빛 아래서 머리를 맞대고 쪼그려 앉아 있는 모습이라니. 우리가 생각해도 저절로 웃음이 났다. 한참을 둘이 밖에서 깔깔거리며 소꿉놀이처럼 종이컵 와인을 홀짝이던 밤. 그날밤 추석 보름달이 어땠는지는 기억나지 않지만 밤공기의 냄새와 이태원 골목길의 풍경과 서울의 야경은 선명하게 기억한다.

자정이 넘어 노란색 옛날 장판이 돋보이는 방 안으로 들어왔다. 방바닥에 털썩 주저앉아 우리는 또 늦게까지 음주가무를 이어갔다. 외국도 아니고, 화려한 바다 경치가 있는 것도 아니고, 고급스런 음식이나 술이 있는 것도 아니었다. 비싼 호텔방도 아닌 이태원 어느 허름한 에어비앤비에서 늦여름 모기에 다리를 다 쥐어뜯기며 보낸 그밤. 계획된 일정도 아니여서 준비도 없이 다소 우왕좌왕했던 그날의 짧은 여행은, 그러나 잊지 못할 추억을 선물해주었다. 느닷없이 떠나서 만나게 되는 뜻밖의 즐거움은 예상된 재미 그 이상을 준다. 훨씬 크고 강렬한 '빅 재미'다. 이탈리아, 프랑스, 동남아 등 몽이와 떠났던 어떤 다른 해외여행보다 더 특별하고 짜릿했던 이태원 여행이었다.

우리는 남들보다 조금 더 긴 신혼을 보내고 있다. 하루하루는 그날이 그날인 듯 평범했지만, 돌이켜보면 틈틈이 새긴 짧은 여행의 추억들로 즐거움이 빼곡하다. 혹시라도 먼 훗날, 우리가 나이 들어 서로를 덜 사랑하게 되더라도, 뜻하지 않은 불행으로 힘든 시간을 보내게 된다고 해도, 길고 즐거웠던 추억으로 그 시간을 잘 건널 수 있으리라 기대해본다. 거칠고 캄캄한 터널을 지나게 될 때, 지금 두둑하게 저축해둔 행복감을 한 올 한 올 꺼내어야지.

서로를 성장시키는 힘에 관하여

몽과 나는 둘 다 '디자인'을 전공했다. 근데 이게 참 애매하다. 대단히 쓸모 있는 듯하면서 또 대단히 쓸모없는 듯한 느낌이다. 회사에선 무조건적으로 필요한 직군이지만 밖에서는 그닥 필요가 있는 건지 잘 모르겠는 거(뭐 대부분 직업들이 다 그렇겠지만).

디자인이라는 게 미적 감각만 좀 있으면 누구나 다 할 수 있는 거라고 생각하는 사람들도 많다. 또 어떤 분야의 디자인이든(의상이든, 자동차든, 인테리어든) 그게 그거일 거라고, 다 엇비슷한 거라고 생각하는 사람들도 있다.

하지만 이 분야 역시 워낙 세분화되어 있어 포트폴리오나 경력에 따라 소화할 수 있는 범위가 좁다. 뭉뚱그려 '디자인'이라고 부르지만 각기 다른 분야의 디자인에 접근하는 일은 꽤나 허들이 높다. 물론 지금은 내 일(만화를 그리고 영상을 만들고 스토어를 운영하는 등 시각물을 창조하는)에 디자인 전공이 큰

도움이 되었지만….

수년 간의 회사 생활 중 본의 아니게 여러 부서를 옮겨다니며 나의 커리어와 포트폴리오가 많이 흐트러져버렸다. 조직의 부속품 같다는 생각 때문에 나의 자존감은 바닥으로 떨어졌고, 나는 세상에서 가장 작은 사람처럼 위축됐다.

'내가 과연 전문적인 일을 하는 걸까? 내가 전문가인가? 다른 회사에서 나를 받아줄까? 아니, 내가 갈 수 있는 부서가 있나?'

회사 옷을 벗으면 아무것도 아닌 사람. 이 회사를 나가면 바보인 사람. 너무 짧은 경험들만 파편처럼 남아 연차에 비해 그다지 쓸모없는 사람…. 내가 되고 싶지 않았던 사람처럼 변해가는 내가 두려웠다.

결국 나는 그나마 밥이라도 먹고 살게 해주었던 디자인을 내려놓고 늘 꿈에서만 그리던 일을 시작했다. 그 어렵다는 '그림으로 돈 버는 일', '콘텐츠로 돈 버는 사람'이 된 것이다. 그럼에도 나는 여전히 자신이 없었다.

'내가 잘할 수 있을까?'

'나보다 잘하는 사람이 수두룩 빽빽인데?'

'겉은 번지르르한데 알고 보면 딱히 할 수 있는 게 몇 없네…!'

생각해보면 '그림 그리는 일'도 마찬가지였다. 그림 그리는 걸 그토록 좋아했으면서도 정작 제대로 시작한 건 서른이 훌쩍 넘어서다. 아무래도 자신이 없어서였겠지. 소심한 마음에 늘 노트 구석에 낙서처럼 그리고 혼자만 몰래 봤다. 그림을 넘사벽으로 잘 그리는 사람들은 주위에 너무나 많았고, 그 속에서 나란

존재는 티끌처럼 하찮기만 했다. 더구나 밥벌이로 회사 다니느라 그림에 대한 꿈은 저 멀리 한편으로 치워놓은 평범한 사람이 되고 말았다. 애매한 재능은 차라리 없느니만 못한, 어쩌면 재앙과도 같은 것인지 모른다. 주변 사람들이 아무리 잘한다 잘한다 칭찬해 준들 그저 공허한 언어일 뿐, 내 피부로 와닿는 말은 없었다. 완전히 접지도, 올인하지도 못한 채 어정쩡한 미련만 붙들고 지내야 했다.

그런 내가 다시 그림을 그릴 수 있었던 건 몽이 덕분이다. 몽이는 내가 용기와 자신감을 갖도록 도와주었다. 칭찬을 듣고도 그저 립 서비스 일 거라며 의심하고 주저하는 내 어깨를 붙들었다. 끊임없이 옆에서 네버엔딩 조잘조잘 응원하기 전략.

"냥이는 참 잘해."
"냥이 진짜 짱이다…."
"냥이는 대단한 사람이야."
"냥이는 천잰가 봐. 다 잘하네."

매번 듣고도 내가 까먹을세라 계속해서 말해주었다. 그것도 모자라 가족들이나 친구들, 만나는 사람들에게 늘 한결같이 나를 띄워주면서 용기를 북돋아 주었다.

"제 아내는 작가구요. 굉장히 유명해요."

"우리 와이프는 다 잘해서 모두 너무 부러워해."

"수경이는 제가 봐도 진짜 대단한 거 같아요."

어딜 가든 내 칭찬을 아끼지 않는다. 처음에는 칭찬에 익숙지 않아 팔불출 같은 몽이가 좀 쑥쓰럽고 부끄럽기도 했다. 그러나 칭찬은 역시 힘이 셌다. 계속 듣다 보니 내가 진짜 훌륭하고 대단한 사람인 것 같은 기분이 들었다. 아니, 원래 내가 괜찮은 사람이었으나 나만 몰랐던 건가 싶기도 했다. 내가 나 스스로를 인정하지 않으며 나를 함부로 깎아내렸던 건가 돌아보게 되었다. 스스로를 칭찬하고 아끼는 법을 알지 못했던 나는 몽이 덕분에 나 자신이 소중한 사람이라는 걸 배웠고, 다른 누구보다 내가 나를 사랑해야 한다는 걸 알게 됐다.

누군가 반복해서 칭찬해주면 무의식 중 그 말이 쌓여 힘을 발휘한다. 주저앉아 있던 사람도 결국에는 일으켜세운다. 칭찬이 고래를 춤추게 한다는 말은 결코 빈말이 아니다.

'듣기 좋은 꽃노래도 여러 번 들으면 싫다'는 말이 무색하게 몽이의 꽃노래에는 마법가루가 담겨있다. 언제나 내가 지쳐 있을 때마다 으랏차차 힘이 솟게 하는 응원가다.

나를 믿어주는 몽이 때문이라도 나는 정말 그가 믿고 있는 모습대로 성장하리라 다짐하게 된다. 늘 나를 멋지다고 말해주니 몽이를 실망시키고 싶지 않아 진짜 멋진 사람이 되어야지 마음 먹게 된다. 한 순간도 허투루 살고 싶지 않아진다. 내가 실망스런 모습을 보이면 몽이가 거짓말을 한 게 되고 마니까, 몽이를 허풍쟁이나 거짓말쟁이로 만들 수는 없으니까.

참 신기한 게 몽이의 칭찬은 놀라운 나비효과를 가져온다. 몽이의 칭찬 한 마디가 나를 바라보는 나의 시선을 바꾸고, 나를 바라보는 다른 수많은 타인들의 시선까지도 바꾼다.

"나 좀 잘하나 봐."
"나는 두루두루 다 잘하는 거 같네."
"나 괜찮네."

스스로 자신감이 붙으니까, 나를 모르는 타인들도 나에 대한 평가가 달라졌다.

"항상 긍정적이고 자신감이 넘치시네요."
"재능이 많으시네요."
"열심히 하시는 분이군요!"

누군가에게 인정받으면 '그냥 하는 말'이라고 곡해하지 않고 칭찬 그대로 순수하게 받아들이게 되었다. 그러면 그 칭찬의 말은 다시 내 마음속에서 자양분이 되어주었다. 선순환이 일어나면서 자존감이 한 뼘씩 자라났다.

'비교'는 평생 내가 신고 다닌 무거운 장화와 같았다. 너무 무거워 한 걸음 발을 떼기가 어려울 정도였고, 그래서 늘 아팠다. 그냥 그 자리에 서 있는 게 제일 편했으므로, 항상 앞으로 나아가지 못한 채 망설였다.

'왜 나는 못할까?'

'왜 나는 안 될까?'

'왜 나는 늘 불행할까?'

'왜 내 인생은 이렇게 힘들까…?'

그런 내 앞에 어느 날 몽이가 짠- 나타나 무거운 장화를 벗겨주었다. 신데렐라의 유리구두 따위와는 비교도 안 될 만큼 빛나는 자존감을 나에게 선물해준 것이다.

요즘 나는 자주 웃고 진심으로 나를 믿는다.

'나는 잘한다.'

'나는 행복하다.'

'나는 정말 운이 좋다.'

나 사진에게 이런 따뜻한 말들을 자주 건넨다. 이제는 누구와 비교하면서 스스로 마음을 다치는 일 따위는 하지 않는다. 작은 것에 만족하고 행복하고 내 스스로 괜찮으면 그걸로 됐다. 남들의 평가나 시선이 나를 결정하지 못하도록, 나의 가치를 내가 만들어갈 수 있도록 나를 많이 사랑해준다. 그것이 내가 몽이를 더 사랑하는 길이고, 우리가 서로 성장할 수 있는 길임을 이제 안다.

mong_nyang_cartoon

몽이야.
몽이는 왜
나를 만났어?
그게
무슨 소리니?
아니,
처음에...

몽이는 이제 막 학교 졸업해서
그냥 놀고 싶고
연애도 많이 하고 싶었을 텐데.
주변에 예쁘고
어리고 능력 있고...
그런 여자애들도 많았잖아.
근데 왜 나랑 사귀고
결혼도 그리
빨리했나 싶어서.
냥이가 이쁘니까
만났징.

거짓말~~
진짜야.
예뻐서 만났어.
삥치지 마...
예.뻐.서.
만.났.다.니.깐.
끼익
캭
끼익
사이보그
몽
아, 진짜ㅋㅋㅋ
기계적인 대답!!!
남들이
오해하겠네

세상에 예쁘고
괜찮은 여자야 많지...
근데 그게 다가
아니잖아.
내가 아는
여자인 사람 중에
냥이가 제일
대단했어.
헹
냥이 대단해!

대단해?
대단…
대단…
하다고…?
내가
대단하다…고…
뭉클

내가
대단해…?
끄덕끄덕
그럼~
냥이는 뭐든
열심히 하고 잘 하잖아.
난 냥이를
존경해.
그래서
사랑했지

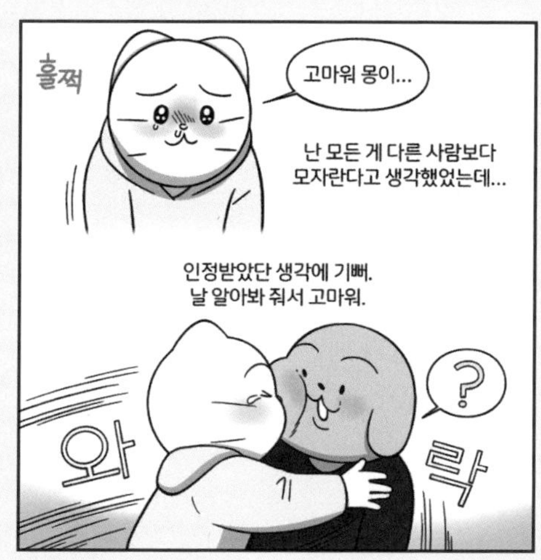
훌쩍
고마워 몽이…
난 모든 게 다른 사람보다
모자란다고 생각했었는데…
인정받았단 생각에 기뻐.
날 알아봐 줘서 고마워.
?
와락

나만 아는 그의 애교

몽냥툰의 몽이 이미지 때문에 사람들은 몽이가 굉장히 애교가 많을 거라 상상한다. 그러나 착오 없으시길 바란다. 몽이의 애교는 '냥이 한정'이다. 즉 내 앞에서만 나온다는 거! 우리 둘이 있을 때의 몽이와 여럿이 있을 때의 몽이는 쫌 다른 사람이다. 몽냥툰의 몽이 캐릭터가 잘 떠오르지 않을 만큼 애교가 없다. 오히려 딱딱한 사람 같은 이미지가 강하다.

(실제로 보시면 도도몽이라 실망하실 수도 있겠다….)

"다른 사람들 있을 때 냥이한테 애교부리고 앵기는 건 예의가 아니잖니. 내 애교는 오로지 냥이만 볼 수 있어. 냥이는 특별한 냥이니까."

왜 밖에선 집에서만큼 다정하지 않냐고 묻는 질문에 대한 몽이의 답변이다.

우리가 너무 꽁냥꽁냥한 모습을 보이면 누군가 내적 소외감(?)을 가질까 염려되서 그런다는 건가? 결국 차도남 포스 풀풀 풍기다가 집에 오거나 둘이 남게 되면 냉큼 품으로 폭 파고들 거면서. 차에 타자마자, 문을 닫자마자, 둘만 있게 되면 몽이는 바로 애교모드로 돌변한다. 마치 멈춰 있던 꼬리를 사정없이 흔들어재끼는 강아지 같다. 어떻게 휙휙 애교모드 온오프가 가능한 건지.

나 역시 밖에서는 콧소리 한 번 안 내는 애교 거지다. 뭐든지 오그라드는 건 딱 질색이라고 손사래를 쳐대는 무뚝뚝함의 최고봉이기도 하다. 상대를 위해 오래 준비한 선물도 '오다 주웠다' 같은 츤데레 대사를 툭 던지며 건네는 사람이다. 게다가 목소리 톤도 다소 저음이라 여장군 스타일이지만 몽이 앞에서는 사뭇 달라진다. 삐그덕거리는 뻣뻣한 몸을 흔들며 춤도 춰보고 야옹야옹 동물 소리도 따라하고 말끝마다 '이응'을 붙여 홍홍거리는 애교냥으로 자주 돌변한다.

"나는 몽이가 좋앙~"
"나도…. 냥이를 좋아하징. 냥이를 사랑하징!"
(말끝마다 이응을 붙이면 매우 귀여워진다. 애인이 있다면 실생활에 적용해보자. 애인이 아닌 사람들에게 잘못 적용했다가는 뺨 맞을 수도 있으니 주의.)

원래 서로를 알고 있는 가족과 지인들은 나를 만나면 종종 묻는다.

"몽이가 평상시에 진짜 몽냥툰처럼 그래?"

"걔가 그렇게 애교가 많아?"

몽이뿐 아니라 나도 "너가 그런 사람인 줄 전혀 몰랐어.", "네가 그렇게 귀여운 만화를 그릴 줄은 생각도 못했어."라는 말을 자주 듣는다. 그럴 땐 왠지 만화를 통해 우리 둘의 애교 실상이 드러난 것 같아 몹시 쑥쓰럽다.

"내 앞에서만 그래."

"뭐… 그럴 때도 있는 거지."

허겁지겁 대충 얼버무리곤 하지만, 이상하게도 사랑하는 사람 앞에서는 자꾸 귀여움과 애교센서가 자동으로 작동한다. 가까운 지인들이 웹툰을 보고 신기하다고 느끼는 건 그만큼 우리가 가진 대외적인 얼굴이 만화 속 몽냥과는 다르게 때문일 것이다. 아니, 그만큼 몽이와 나 우리 둘만의 일상이 비밀스럽고 사랑스럽다는 얘기도 될 것이다.

어쩌면 나는 처음부터 사랑스러운 사람이었는지도 모른다. 우리는 누구나 내면에 사랑스러운 애교와 부드러운 어리광을 한 줌씩은 담고 사는 건지도. 다만, 삶의 긴장과 사소한 불행들이 쌓여가면서 어젠가부터 그 기능들을 잃어버린 것일지도 모른다. 그러다 마음이 완전히 무장해제 되어버리면 나도 몰랐던 내 모습이 불쑥 드러난다. 내가 어떤 행동을 해도 좋을 만한, 어떤 행동을 해도 별로 부끄럽지 않은 상대가 나타나면, 먼지 쌓이고 내팽개쳐진 애교와 응석이 빛을 발한다. 적절한 애교와 응석은 사랑하는 관계에서는 양념 같은 역할을 톡톡히 해준다.

나는 이제 타인들이 놀라는 내 모습에 대체로 적응하고 있다. 무뚝뚝한 츤데레 이수경이 아니라 애교쟁이 냥이로 돌변하는 게 어색하지 않다. 타인들에게는 쉽게 드러내지 않은 것일 뿐, 몽이 앞에서 오글거리는 말투와 몸짓을 보이는 나도 나의 일부인걸.

그 누구도 모르는, 부모님도 모르는 나의 말과 행동을 볼 수 있는 사람. 미숙한 어린애 같은 모습도 맘껏 보여줄 수 있는 사람. 그런 사람이 내 곁에 있다는 것. 그리고 그 사람이 몽이라는 것이 좋다. 몽이가 내 곁에서 같이 맞장구치며 웃어주고 애교쟁이가 되어주는 게 좋다. 사회적 가면을 훌훌 벗어던지고 민낯으로 만나도 그가 참 좋은 사람이어서 다행이다. 좋은 사람인 줄 알았는데 막상 살아보니 나쁜 사람이라면 얼마나 절망스럽겠나. 깊은 내면까지 아름다운 사람을 만나기란 결코 쉽지 않은 걸 알기에, 감사하다. 씰룩씰룩 흔드는 그의 '온도니 애교'에도.

뭐랄까, 그의 토실한 '온도니'에는 나를 위한 포용과 배려가 들어있다. 업다운이 크고, 시시각각 다른 내 모습을 이해해주고 감싸주는 몽이의 민낯이 있다. 덕분에 소심한 내가 가식 없이 나를 다 드러낼 수 있는 건지도 모르겠다. 그가 근엄하고 무뚝뚝하고 차가운 사람이었다면 내 마음이 이렇게까지 무장해제되기는 어려웠을 것이다. 몇십 년을 부부로 같이 산다고 해도.

나만이 몽이의 애교를 지켜볼 수 있다는 사실에 내 자신이 더 특별하게 느껴진다. 우리 관계가 더 소중하다. 이 세상 누구보다 몽이를 잘 이해하고 몽이 자체를 들여다볼 수 있는 사람이 되어주어야겠다는 다짐도 든다. 귀여운 애교의 긍정적 효과다.

mong_nyang_cartoon

할아버지가 돼도

몽이,
몽이는 할아버지 돼도 나를 '냥이'라고 부를 거야?
오브콜스!
해맑
넹!

막 할아버지 돼도 애교뿜뿜 할 거야?
온도니도 흔들고양?
훌훌
진짜?
나이랑 뭔 상관?
웅! 당연한 거 아냐?

~상상중~
냥이~
챱
냥이!
후들 후들
으...좀 그런데...
괜찮겠어...?
자식. 손주
다~토할 듯

전 몽인데용?
할아버지 몽이도
몽인데용?
끙
만능 몽이설
늙어도 난
안 변해.

괴롭히고 싶어

나란히 누워 웹툰을 보거나 음악을 들으며 뒹굴뒹굴하다 무심하게 쪽, 입을 맞춘다. 그러다 괜히 장난기가 발동하면 추릅추릅 그의 볼을 핥는 시늉을 하다가 냉큼 몽이 얼굴에 침을 바르고 도망친다

"야잇! 침 범벅!"

몽이는 몹시 괴로운 표정을 지으며 부들부들, 내 얼굴에도 침을 바르겠노라 복수를 꿈꾼다.

몸도 마음도 느긋한 금요일 저녁에 맛있는 음식을 앞에 놓고 와인잔을 부딪힌다. 조금씩 취기가 오르면 좋아하는 노래를 틀어놓고 흥얼흥얼 따라 부른다. 그러다 듣도 보도 못한 이상한 노래를 부르거나 즉석에서 작사 작곡한 것 같은 엉망진창 노래를 진심 다해 부른다.

"야잇! 고만해!"

입을 막으려 해도 쉽게 멈추지 않는다. 귀를 틀어막은 몽이는 괴로움에 몸서리를 친다. 너무 재밌고 신이 난다. 몽이를 괴롭히는 데에 진심인 편이라서. 꼬마 아이를 놀리다 꼬마가 '이잉~' 울상을 지으면 그게 귀여워 자꾸 더 놀리고 싶은 마음. 딱 그렇다. 강아지에게도 괜히 간식을 줄락말락 장난치며 감췄다 줬다 하면서 놀아주듯(강아지 약 올리기는 학대인가? 정확히는 모르겠지만, 개님들이 많이 괴로웠다면 사과하겠다).

몽이와 같이 있을 때도 그렇다. 손을 크게 펴 머리부터 얼굴까지 쓰담쓰담 해주면 몽이는 내게 '주인님, 더 쓰다듬어주세요.' 눈빛을 발사하며 머리를 들이민다. 이럴 때를 놓치지 않고 일부러 콧잔등이나 뺨에 낼름, 혀로 침을 발라버린다. 그럼 진동하는 침 냄새 때문에 '으잉!!! 냥이!!!' 소리를 빽 지르며 난리 블루스를 춘다. 그 모습이 얼마나 웃기고 귀여운지. 자꾸 쓰다듬다가 장난을 치게 된다. 몽이는 바보처럼 매번 당할 줄 뻔히 알면서도 쓰다듬을 받고 싶어 머리를 들이밀었다가 기습적으로 골탕을 먹는다.

때때로 이유 없이 몽이 콧구멍에 손가락을 넣기도 한다. 처음엔 몽이 콧구멍이 너무 작고 귀여워 '그렇게 작아서야 어디 손가락 넣어 코나 팔 수 있겠나…?' 싶은 호기심 때문이었다(다행히 작아도 손가락이 들어가긴 한다). 시작은 단순한 호기심이었으나, 회가 거듭될수록 그만 몽이 콧구멍에 중독되고 말았다. 귀찮고 간지러워 '헹!!', '푸엥!!' 하는 몽이 코는 자꾸만 손가락을 넣어 보고 싶게 만드는 매력을 가졌다. 괴롭히고 있어도 괴롭히고 싶다(단, 사랑하는 몽이가 혹시 코피 나면 안 되니까 너무 깊게 찌르지 않고 입구까지만 넣었다 빼도록 세심하게 노력한다). 괜히 코에 넣었던 손을 입에 넣기도 한다(이 부분에서 많은 독자들이 우웩 하면서 괴로워하는 소리가 들리는 것 같지만 그 괴로움에도 왠지 중독될 것 같으다). 물론 진짜 넣는 건 아니고 장난이다. 그러나 '이잉, 더러오!!' 징징거리는 몽이가 애기 같아 너무 귀엽다.

남 괴롭히고 '장난으로 그랬어요.'라고 답하면 피해자들에게 돌 맞을 일이겠지만, 몽이를 괴롭히는 일에는 '장난이에요.' 외에는 다른 말이 떠오르지 않는다. 괴로워하는 반응이 재밌어 놀린다는 말이 가장 솔직한 대답이니까.

몽이 배꼽에 손가락을 넣기도 하고 틈만 나면 엉덩이도 쪼물딱거리고 엉덩이 골(?)에 손가락을 넣기도 한다. 함께 누워 뒹굴거릴 때 나의 관심사는 온통 '어디에 손을 갖다대고 몽이를 괴롭히지?'란 생각뿐이다. 내가 쫓아다니면서 귀찮게 굴면 몽이는 호다닥 도망가기 바쁘다. 그렇다고 나만 몽이를 괴롭히느냐? 그건 또 아니다. 몽이도 만만치는 않다. 몽이가 나를 괴롭히는 방식은 얼굴 뚫어져라 빤히 쳐다보기! 아주 부담스러울 정도로 가까이서 내 얼굴을 빤-히 쳐다본다. 시선만으로도 얼굴에 문신 새길 수 있다는 걸 보여주려는 것만 같다. 코앞에 불편하리만큼 다가와 있는 큰 눈 두 개를 보면 어찌나 귀찮은지. 내가 질색팔색하며 시선을 거두라고 소리쳐도 몽이는 아랑곳하지 않는다.

"나는 냥이가 좋아서 그러지~"

하지만 내가 싫어하는 걸 알고 일부러 그런다는 걸 내가 모를 리 없다. 특히 그의 괴롭힘은 꼭 내가 자고 있거나 뭔가에 몰두하고 있을 때 시작된다. 내가 뭔가 열중해 있으면 슬금슬금 다가와서 치근덕거리거나 내게 당한 침 공격에 대한 복수로 내 얼굴에 침을 바른다.

"꽥!!! 하지마!!!"

소리를 지르면 몽이는 느물느물 사악한 미소를 지으며 말한다.

"아, 냥이 괴롭히고 싶으네."

우리가 서로 사랑을 확인하고 표현하는 아주 고약한 방법이다. 그다지 추천하진 않는다.

동고.
쏙
흥!

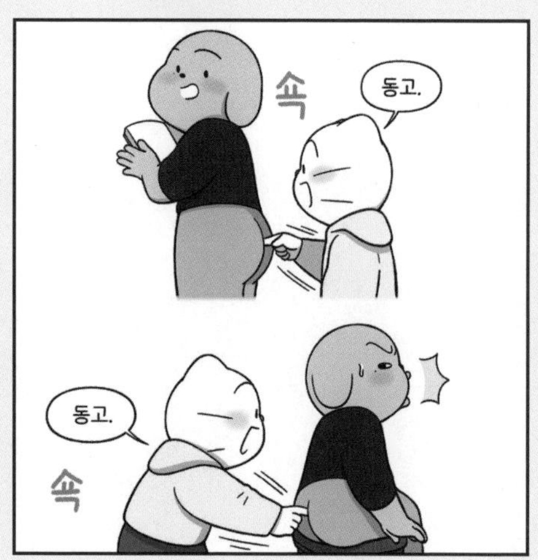
쏙
동고.
동고.
쏙

동고.
쇽
동고몽.
쇽

쇽
동고~
으으으으으으

왜 자꾸 동고를
띵동해!!!
힛
동고가
나를 불러.
쉬익
쉬익
거짓말!
동고몽
내 동고가
그럴리 없쒀!!!
사실
아무이유 없음.

행복의 마침표는 너

요즘은 백 살까지 산다지. 우리 늙어선 더 오래 살 수도 있대. 아직 30년하고 5년을 더 살았다지만, 세어보면 4분의 1을 조금 넘게 산 젊은 나이. 그래도 시간 참 빠르다고 느껴.

"벌써 4월이야? 올해 한 것도 없는데…."

매해 1분기가 지나면 이 말이 자동으로 나온다. 10대는 시냇물처럼, 20대는 강물처럼, 30대는 쏟아지는 폭포수마냥 지나가는 것 같다. 앞으로 다가올 40대는 또 얼마나 빨리 지나갈지 짐작조차 어렵다. 인생은 속도가 아니라 방향이라지만, 가끔 속도에 현기증이 나고 적응하지 못해 방향까지 잃기 일쑤다.

결혼을 앞두고 있을 때는 '한 사람과 50년 넘게 산다는 게 가능할까?', '징그럽고 지겹지 않을까?', '쉽게 싫증이 나면 어쩌지?' 온갖 불안과 의문과 불확실함들이 엄습했었다.

불륜 드라마의 흔한 클리셰로, 사랑은 종종 전쟁을 동반하기도 하고 결혼은 지옥처럼 연출되기도 한다. 그런 스토리를 어렵지 않게 접하고 소비하다 보면 자연스럽게 나도 '변치 않는 사랑' 같은 건 없다고 수긍하게 된다. '영원히 너만 사랑하겠어.'라는 다짐은 결국 환타지에 불과하지 않을까 하는 슬프고 두려운 마음이 어쩔 수 없이 들었다.

주변 사람들의 결혼 생활도 따분해 보이기만 했다.

'행복하게 오래오래 살았습니다 같은 건 동화책에나 있는 이야기일 거야. 겉으로는 아닌 척해도 아마 다들 속은 지겹고 썩고 물렸을걸. 지금은 사랑하는 것 같아도 결국 나도 언젠가는 나가 떨어져 이혼할지도 모르지.'

결혼을 앞둔 사람들이 종종 겪는다는 혼전 우울증이었는지, 결혼 전 나는 매사 결혼과 사랑에 대한 부정적인 감정을 많이 가지고 있었다. 내 사랑에 대한 확신조차 쉽지 않았다.

그럼에도 불구하고 용감무쌍하게 결혼이라는 길을 선택했고, 지금껏 N년째 무탈하게 결혼이라는 틀을 잘 이어오고 있다. 다행히 아직까지는 우리의 사랑이 전쟁의 얼굴을 한 적은 없다. 내가 두려워했던 것처럼 결혼이 지옥의 모습은 아니었다. 우리가 결혼 전 했던 약속들도 아직 유효하다.

그럼에도 놀랍고 당혹스러운 것은 속도다. 내가 직접 경험한 결혼 생활은 빛의 속도다. 연애의 속도와는 확연히 다른 느낌이다. 연애하는 시간은 매우 천천히 더디게 흐르다가 이별에 이르는 경우가 많았다. 쉽게 지루해지기도 하고 지겹도록 싸우는 경우도 많았다. 적어도 내 경우에는.

하지만 결혼은 조금 달랐다. 가족 대소사도 함께 챙기고, 함께 만날 사람들도 많아서 그런지 아직 출산과 육아의 과정이 없는데도 시간이 몹시 빠르다. 몇 해 후면 어느새 결혼 10년차가 된다는 게 믿기지 않는다. 아마 생각지도 않은, 수많은 변화들을 겪어나갔기 때문이리라.

상황이나 조건의 변화도 있지만 무엇보다 결혼은 나의 생각과 세상을 바라보는 태도와 사랑에 대한 기준까지도, 참 많은 것을 바꾸어놓았다. 결혼을 통해 나는 보다 성숙했고 밝아졌고 편안해졌다. 배우자라면, 서로에게 긍정적인 영향을 미치고 발전적인 변화를 이끌 수 있는 관계면 좋겠다. 키 크고 잘 생기고 돈 많은 외형적 조건보다 중요한 건 그런 게 아닐까? 서로를 성장시키기에도 시간이 모자라는 사이. 서로의 꿈을 지켜봐주고, 노력을 알아채주느라 정신없이 바쁜 사이. 어떤 관계는 서로의 영혼을 갉아먹지만, 어떤 관계는 서로의 영혼을 살찌우니까. 자신과 잘 맞아 조화로움을 만들어내는 관계. 서로를 전혀 다른 사람으로 다시 태어나게 만들고, 다시 살아가게 만드는 힘. 결혼의 본질은 어쩌면 그런 게 아닐까? 시어머니의 며느리나 애들 아빠가 되는 절차가 아니라.

그 본질에 충실하느라 몽과 나는 여전히 몹시 바쁘다. 우리가 보내는 일상의 시간들은 늘 쏜살같다. 따지고 보니 몽이에게 질릴 만큼의 시간도 없었던 것 같다. 우리는 경제적으로도, 심리적으로도 여유 있는 삶을 꾸리기 위해 아침부터 저녁까지 참 부지런히 달린다. 한눈 팔지 않고 자신만 보지도 않고 서로를 살피며 달린다. 상대가 잘 가고 있는지 살피지 않고 나만 보거나 앞만 보고 달리면 그 또한 함께 성장하는 모습은 아닐 테니까.

가끔은 두렵기도 하다.

'이러다 눈 깜짝하면 50대가 되어 있을 거 같아.'

'할아버지, 할머니 되는 거 순식간일 듯…. 사람 인생이란 게 정말 허무하고 짧다.'

그런 생각이 들수록 나는 더 집중해서 몽이를 가만 바라본다. 오늘의 너는 이런 모습이구나, 하면서. 시간의 물살에 쓸려가지 않고, 내 눈과 가슴 속에 너의 모습을 더 많이 남겨야지. 매일매일 행복하고 사이좋게 지내야지. 먼 훗날 눈 감을 때 몽이랑 참 열심히 사랑하며 잘 살았네 생각들도록. 후회 없도록.

mong_nyang_cartoon

무서우리만큼 드넓은 우주,
그 안의 점과 같은 지구.
그리고 그 지구에 놓인 작은 나라 대한민국,
어느 도시 속에서 살아가는 나.

내 수명은 아마도 100살.
광활한 우주와 지구와
대한민국의 수십, 수백, 수천 억년 시간 속에
스치듯 살다가는 나는
그야말로 먼지만도 못한 존재겠지.

누가 알아주지 않아도
하찮고 보잘것 없는 삶이래도

너를 만나 사랑하고
함께함으로
냥이~
챱챱

나는 그 무엇보다 값진 삶을 살고 있다
믿고있어.

내 인생은 네가 있어 의미 있고
챱챱챱
너로 인해 완성될 거야.
어휴~
침냄새

사랑한다면 몽냥처럼

2021년 9월 25일 초판 1쇄 펴냄

지은이 이수경
발행인 김산환
책임편집 윤소영
디자인 제이
펴낸 곳 꿈의지도
인쇄 다라니
출력 태산아이
종이 월드페이퍼

주소 경기도 파주시 경의로 1100, 604호
전화 070-7535-9416
팩스 031-947-1530
홈페이지 www.dreammap.co.kr
출판등록 2009년 10월 12일 제82호

ISBN 979-11-6762-005-7